三島由紀夫と司馬遼太郎

「美しい日本」をめぐる激突

松本健一

新潮選書

三島由紀夫と司馬遼太郎　「美しい日本」をめぐる激突　目次

三島由紀夫と司馬遼太郎

「美しい日本」をめぐる激突

序章　二つの「日本」

一九七〇年十一月二十五日

二つの「戦後」が、一九七〇年十一月二十五日に激突した。いや、二つの「日本」がこの日に激突したというべきだろうか。

その日、三島由紀夫が自衛隊市ヶ谷駐屯地に乱入し、「天皇陛下万歳！」と叫んで自決した。そして、その夜、司馬遼太郎は『毎日新聞』から三島由紀夫の事件についての感想を求められ、「異常な三島事件に接して」(十一月二十六日朝刊) と題した批評文を書いた。

この司馬の批評文は、その書き出しからして異様な熱気を孕んでいた。三島由紀夫が自決してから四十年、司馬遼太郎が亡くなってから十五年を経たいまでも、この批評文がもつ意味を問題にするひとがほとんどいない状況がわたしには解せない。

まず、その「異常な三島事件に接して」の書き出し部分を読んでもらいたい。

三島氏のさんたる死に接し、それがあまりになまなましいために、じつをいうと、こういう文章を書く気がおこらない。ただ、この死に接して精神異常者が異常を発し、かれの死の薄よごれた模倣をするのではないかということをおそれ、ただそれだけの理由のために書く。

司馬はこの書き出し部分において、三島の自決を「さんたんたる死」とよび、そのあまりの「なまなましさ」のために感想を書く気がおこらない、といっている。にもかかわらずこの文章を書くのは、「精神異常者が異常を発し」、三島の死の「薄よごれた模倣をするのではないか」と怖れるからだ、というのである。

この文章の異様な熱気は、むろん三島の死の異常さによって引き起こされている。しかし、この文章の異様さは、三島の異常な死にかたが「精神異常者が異常を発し」たものであるかのように、また三島の死さえもが「薄よごれた」ものであるかのように読めるところにあるだろう。これは、全文を読んでみればわかるように、司馬遼太郎が意図した効果なのではないか。

司馬さんは底意地の悪いひとではなかった。それどころか、いつも柔かい笑顔を浮かべていた印象どおりに、出来るだけ人の良い面を評価するような穏和な人柄だった。しかし、本当のところは、じぶんの嫌いなものは出来るだけ扱わない、というだけのことで、好悪の感情をもたないわけではなかった。

いつだったか、いや、あれはわたしが『蓮田善明　日本伝説』（河出書房新社、一九九〇年刊）を著わした直後だから、平成二年のことだろう。ある出版社の編集者が司馬さんに、蓮田善明《ぜんめい》と蓮田によって文学的に見出された三島由紀夫にふれた対談を著者の松本とやってくれませんか、と申し入れた。すると司馬さんは、「蓮田善明のことはあまり知りませんから」と一言で断った、ということだった。

その編集者がこの話をきかせてくれたとき、そうだろうな、司馬さんは蓮田善明のことが嫌いだろう。それを、嫌いといわずに、「あまり知りませんから」という婉曲な断りかたをするところに、嫌いなものは出来るだけ扱わない、という司馬さんの流儀がよく表われていた。

蓮田善明は敗戦のとき、マレー半島南端のジョホール・バルに出征していた。蓮田は、戦いを止めて早く国に帰ろうと部下に諭した上官（連隊長）を射殺して、みずからもピストルで自殺した。わたしの『蓮田善明　日本伝説』は、その上官が「通敵行為をした」という〈伝説〉を打ちこわすものだった。しかし、三島由紀夫は生前、この〈伝説〉を信じて蓮田善明の「立派な最期」を羨やんでいた。

ついでながら、最近「赤ちゃんポスト」を創設して、捨てられたり殺されたりする赤ん坊の生命を救おうとしている熊本慈恵病院の理事長・蓮田太二さんは、この蓮田善明の次男である。そんなことをわたしが知っているのは、二十数年まえ、『蓮田善明　日本伝説』を書くにあたって、当時ご存命だった蓮田善明の未亡人ばかりでなく、遺児の長男晶一さん（慈恵病院院長）と次男の太二さんとに会っているからである。人を殺めた親を持ち、同時に親を失なった児という太二さん兄弟の体験と、その「赤ちゃんポスト」という発想は、どこかで繫がっているような気がする。

それはともかく、司馬さんは蓮田善明や三島由紀夫といったロマン主義文学者の系譜をあまり好きではなかった。明治の文学者でも、リアリズムにつながる「写生」派の正岡子規は大好きで、石川啄木はあまり好きではなかった。啄木の名まえが司馬さんの作品に出てくるのは、「街道をゆく」シリーズに余話といったかたちで一度出てくるだけではないか。

好悪の感情は強くもっているが、嫌いなものは出来るだけ扱わない、ということなのだろう。その伝でいうなら、司馬さんは三島さんのことも、出来たら扱いたくなかったとおもわれる。ましてや、三島さんが一九七〇年十一月二十五日に自衛隊市ヶ谷駐屯地に乱入し、「天皇陛下万歳！」と叫んで自決した直後に、その三島事件の感想などのべたくなかったのだろう。そういう負の感情が、「異常な三島事件に接して」の書き出し部分には滲んでいた。

インドとは何か

しかし、この三島事件とそれに対する司馬遼太郎の批評文には、戦後日本の思想史および文学史、ひいては戦後日本の精神史における最大の対立構図が透いて見えなくもない。にもかかわらず、〈三島由紀夫と司馬遼太郎〉という精神の対立構図の問題設定を、これまで誰もしようとしなかった。

かくいうわたしにしても、これまで、一方で『三島由紀夫　亡命伝説』（河出書房新社、一九八七年刊。増補・新版は辺境社、二〇〇七年刊）をあらわし、他方で『司馬遼太郎　歴史は文学の華なり、と。』（小沢書店、一九九六年刊。増補・新版の『司馬遼太郎の「場所」』はちくま文庫、二〇〇七年刊）などを書きながら、それらを交叉させるかのような〈三島由紀夫と司馬遼太郎〉という対立構図を思い浮かべることはなかった。たとえば、二十三年まえの『三島由紀夫　亡命伝説』のなかに、司馬遼太郎という作家名が出てくることはなかったのである。

もちろん、このことについての弁解はいくらでも可能だろう。三島はいわば純文学の作家で、司馬はこれと対立する大衆文学（もしくはエンターテイメント）の作家であり、両者の活動領域それじたいがほとんど重ならない。それに、ロマン主義的な三島由紀夫の美意識と、司馬遼太郎の合理主義的な精神とは、本質的に相容れない。ロマン主義的な精神の構えは、かんたんにいえば、美しいものを見ようとおもったら目をつぶれ、というものであり、これに対して合理主義的な精神の構えは、現実をあるがままに見よ、というものだからである。

三島と司馬の双方に愛着を示し、両者に対して評論を書くばかりでなく、それを単行本にしているのは、わたしぐらいのものかもしれない。

しかも、そんなわたしが十四年まえに『司馬遼太郎　歴史は文学の華なり、と。』を上梓するにさいして書き下ろした「街道をゆく眼差し　あとがき風に」（一九九六年十月二十日付）で次のように書いたときには、さすがに〈三島と司馬〉という対立構図を頭のなかで描きはじめていたのである。

司馬さんは「街道をゆく」の旅で、日本の国内ばかりでなく、中国、韓国、モンゴル、ポルトガル、アイルランド、オランダ……（他にはアメリカ、ロシア）などに出掛けていた。しかし、インドにはあまり深入りしていないようだった。そのインドに、いや花びらも牛の糞も人間の死体も、いっしょに流れてゆくガンジス川の「永遠」に、わたしは司馬さんといっしょに立ち合っていたのではないか、というような気が、旅を終えてからしたのだった。

なお、そのときのわたしの旅は、福岡から香港、マカオ、上海、そしてもう一度香港にもどってそのあとインドのデリーからベナレス（バラナシ）へとゆく、少しややこしい行程だった。いろいろな用事が絡んでいたからだが、最終的な目的地がインドのガンジス川中流に位置する聖地ベナレスであることは、はっきりしていた。

なぜベナレスか。そこは、三島由紀夫が『豊饒の海』四部作の第三部『暁の寺』で、ほかでもない、「永遠」という言葉を持ち出してくる場所なのである。インドには何度か足を運んでいるが、ベナレスには行ったことがなかった。それゆえ、その場所で四日も五日も時を過ごしてみたかったのだ。

わたしがベナレスに行きたいとおもったのは、三島由紀夫を捉えて放さなかったインドとは何か、を考えてみたかったからである。右に引用した文章で、わたしは「司馬さんは……インドにはあまり深入りしていないようだった」と書いているが、これは司馬遼太郎の人生における旅すべてを仔細に点検していなかったからだ。いまなら、司馬さんはインドには行こうとさえしなかった、と書くだろう。

三島由紀夫がインドに、いやベナレスの「永遠」に惹かれたのに、司馬遼太郎は中華文明の影響をつよく受けているヴェトナムまでは近しく感じながら、それより南のインド文明に対しては、進歩がなく、「白痴」のごとき存在だ、というひどい言葉さえつかっていた。この、三島と司馬の精神を決定的に分かつ「場所」こそ、インドなのではないだろうか。なぜインドなのか。三島のインドは「永遠」の場所であり、そのインド文明の思想は「輪廻転生」である。すべては回《め》ぐり転生するのであって、そこには進歩というものがない。中華文明が好きな司馬は、そこには進歩があると考え、進歩がなく変化のみがあるインド文明は遠ざけたのである。

司馬遼太郎の名誉のために、大いそぎで付け加えておくなら、司馬に「永遠」という思念がないわけではない。ただ、かれはそれをインドに求めず、モンゴルに見出すのである。モンゴル帝国第二代皇帝のオゴタイにふれて、司馬は『草原の記』（新潮社、一九九二年刊）に、こう書いていた。

「財宝がなんであろう。金銭がなんであるか。この世にあるものはすべて過ぎゆく」

と、韻を踏んでいった。この世はすべて空《くう》だ、という。（中略）

オゴタイは、つづける。

「永遠なるものとはなにか、それは人間の記憶である」

栄華も財宝も城郭もすべてはまぼろしである。重要なのは記憶である。オゴタイにすれば、自分がどんな人間であったかを後世に記憶させたい。それだけだ、という。

司馬がここで書いているオゴタイの思想、すなわち「永遠なるものとはなにか、それは人間の記憶である」という言葉は、三島が最後の朝に書き残したといわれる「人生は短い、むしろ自分は永遠に生きたい」という言葉と、どこが違うのか。

三島は『暁の寺』のなかで、仏教の「阿頼耶識《あらやしき》」について拘泥していた。それは、現実にあるものが真実ではない、心の中にあるものこそが真実である、という考えかたである。そうだとすれば、三島はかつて、人間の記憶のなかの「永遠」に生きたいと考えつつ、ベナレスの河辺に佇んでいたのではないか。

〈天皇の物語〉がない

それにしても、司馬はなぜ三島由紀夫の死にさいして、「異常な三島事件に接して」という激烈な内容の批評文を書くつもりになったのだろう。

一九七〇年十一月二十五日の時点で、大正十四年生まれの三島由紀夫は、男の平均寿命が八十歳近くに達している現在からすれば、まだ若さを十分残している四十五歳十ヵ月の、働き盛りである。一方、司馬遼太郎はこのとき毛髪はまっ白になっており、一見、長老のような穏和な顔貌になっていたが、年齢は四十七歳三ヵ月である。実年齢とすれば一年五ヵ月ぐらいの年齢差で、ほぼ同世代といえる。

ただ、この世代はいわゆる戦中派である。何歳で、どのようなかたちで戦争に向き合うことになったのか、そうして敗戦をむかえたとき兵士だったのか、学生だったのか、それとも学徒出陣組だったのかなどによって、戦後の生きかたも大きく左右された。

司馬のばあいは、二十二歳、戦車第一連隊第五中隊の小隊長として栃木県佐野で敗戦を迎えている。これに対して、三島のばあいは、昭和二十年二月の召集令状によって、戸籍地の兵庫県で入隊検査を受け、肺浸潤と誤診されて即日帰郷を命ぜられ、敗戦を二十歳、東京世田谷で迎えている。

そういった戦争体験のちがいが、かれらの戦後の生きかたをどう決定し、戦争観をどう形づくったのか。これについては追々書いてゆくことにしたい。

それよりもいまはまず、わたしが〈三島由紀夫と司馬遼太郎〉という対立構図を深く問題とすべきではないかとおもった直接的な動機についてふれておかねばならない。

わたしが司馬遼太郎の「週刊　街道をゆく」ビジュアル版全六十冊（二〇〇五年一月三十日号～二〇〇六年三月十四日号　朝日新聞社）の全巻解説を終えたあと、三島の自決と司馬の「街道をゆく」との内的関連についてはじめて気づいたことがあった。——二十五年にわたって書き継がれた「街道をゆく」シリーズには、〈天皇の物語〉がない、と。

「街道をゆく」の第一巻は、「湖西のみち」で、渡来人の新羅《しらぎ》神社や、安曇《あど》人（海洋民族）や、朽《く》木《き》街道の織田信長のことなどがでてくる。しかし、大化改新をおこない近江《おうみ》大津宮をつくった天智天皇のことがまったく出てこない。

また、「越前の諸道」では、越《こし》の国から出た謎の継体天皇のことはふれられていても、そこには深入りしない。すぐに永平寺をつくった曹洞禅の道元に話題を移し、道元を追って日本に来た寂円《じゃくえん》という中国僧のほうに関心を寄せてゆく。

それに、京都の「大徳寺散歩」「嵯峨散歩」では、この二つの地名が天皇家と大きな関わりをもつのに、そこには一切ふれない。「嵯峨散歩」では、古代日本に渡来してきた秦氏《はたうじ》や、夢窓国師の天龍寺や、豆腐の日本化の物語が語られるのだ。

これは何を意味するのか、と全四十三巻を読み終わったあとで一しきり考えているうちに、「街道をゆく」シリーズ第一巻の「湖西のみち」がはじまった日付に気づいたのである。「湖西のみち」は『週刊朝日』一九七一年一月一日号の掲載だった。

かくして、わたしは「三島の自決に司馬が対置したもの」（『産経新聞』二〇〇六年十一月六日付）と題した論考で、次のように推理をおしすすめた。


一月一日号の掲載とすると、その発売が前年十二月の下旬である。とすると、司馬遼太郎が「湖西のみち」の原稿を書いたのは、十一月の末か、十二月の初めだろう。そうおもったとき、わたしは司馬が三島由紀夫の自決の直後に書いた「異常な三島事件に接して」（『毎日新聞』一九七〇年十一月二十六日付）のもつ重大な意味に改めて気づかざるをえなかったのである。

そう書いてから、二年がたった。その二年のあいだに、「天皇陛下万歳！」と叫んで自決していった三島由紀夫と、その直後に開始された「街道をゆく」シリーズに〈天皇の物語〉を書こうとしなかった司馬遼太郎の対決、いいかえると〈三島由紀夫と司馬遼太郎〉の対立構図を深化させ、戦後日本の精神史のなかに解き放つといった思想営為は、誰もやってくれなかった。

唯一の例外といえるかもしれないのが、半藤一利さんである。わたしが半藤さんとの対談「司馬遼太郎と日本人の物語」（『中央公論』二〇〇七年一月号）で、司馬が書かなかった〈天皇の物語〉についての仮説をのべたところ、半藤さんは即座に「その指摘は、ものすごい発見だと思いました」と応じてくれたのである。

ただ、この発言もわたしの仮説を肯なってくれただけで、〈三島由紀夫と司馬遼太郎〉の対立構図を戦後日本の精神史のなかに解き放ったものとはいえない。百年河清《かせい》を俟《ま》つわけにもいかないので、みずからこれに挑んでみることにしたのである。

第一章　二人にとって「戦後」とは何か

「からっぽな」戦後日本

三島由紀夫は自決する五ヵ月ほどまえ、「私の中の25年」（『産経新聞』一九七〇年七月七日夕刊）というエッセイを書いた。25年というのは、敗戦の昭和二十年から昭和四十五年（一九七〇年）に至る戦後二十五年間を指している。

三島はそのエッセイのなかで、戦後日本を「からっぽな」と形容している。なお、冒頭の部分では、「空虚」という言葉を使っている。

私の中の二十五年間を考えると、その空虚に今さらびっくりする。私はほとんど「生きた」とはいえない。鼻をつまみながら通りすぎたのだ。

解説をほどこすまでもなく、これは戦後日本の全否定である。それゆえに「生きた」のではなく、「鼻をつまみながら通りすぎた」、というのである。

しかし、三島はその戦後二十五年間のほとんどを流行作家とよばれて過したのだった。「鼻をつまみながら通りすぎ」るだけで流行作家になることなど出来はしない。もちろん、頭脳明晰な三島はそのような批判が出てくることは百も承知で、じぶんの二十五年間の戦後の生きかたを、次のように振り返ってみせた。

私は昭和二十年から三十二年ごろまで、大人しい芸術至上主義者だと思われていた。私はただ冷笑していたのだ。或る種のひよわな青年は、抵抗の方法として冷笑しか知らないのである。そのうちに私は、自分の冷笑・自分のシニシズムに対してこそ戦わなければならない、と感じるようになった。

三島がここで書いている「三十二年ごろまで」とは、かれの作品でいえば、『金閣寺』あたりを指している。『金閣寺』は昭和三十一年はじめから連載され、その年の十月に単行本（新潮社刊）になった。この作品は翌三十二年一月に読売文学賞を受賞している。ちなみに、この年の十一月には、作家生活十年にして『三島由紀夫選集』（全十九巻）が刊行されている。

『金閣寺』はまさしく、三島がいう「芸術至上主義」的な作品だった。そこでは、金閣寺が絶対的な美というふうに設定されている。現実的な美ではない。たとえば、『金閣寺』の主人公の青年僧は、幼少時から父親によって何度となく未だ見ぬ金閣のことを語られ、それによって幻の金閣寺を思い描くようになっていた。

写真や教科書で、現実の金閣をたびたび見ながら、私の心の中では、父の語った金閣の幻のほうが勝を制した。父は決して現実の金閣が、金色《こんじき》にかがやいているなどと語らなかった筈《はず》だが、父によれば、金閣ほど美しいものは地上になく、又金閣というその字面《じづら》、その音韻から、私の心が描きだした金閣は、途方もないものであった。

ここにはまさしく、美しいものを見ようとおもったら目をつぶれ、というロマン主義的な精神が形成されてゆく過程が物語られていた。そうして、主人公の精神のなかに絶対的な美としての金閣がかたちづくられてゆく。

ただ、予めいっておくと、『金閣寺』という作品のなかでは、その金閣という絶対的な美と、日本の原理そして天皇は、一度たりとも、いや微かにでも、重ね合わされることがなかった。三島由紀夫のなかで、絶対的な美と天皇とが重ね合わされるようになるのは、いつ、どのような過程をへてなのかについては、後でふれてゆかねばならない。

いずれにしても、「ひよわな青年」としての三島は『金閣寺』という作品を書いた昭和三十二年のころまでは、人からも「芸術至上主義者」とおもわれ、みずからもそのような作品を書くことによって戦後日本の現実に耐えていた、というのである。それを、三島は現実に対する「冷笑」とよび、その「冷笑」によって「ひよわな青年」は現実に「抵抗」するしかなかった、とみずから振り返っているのである。

しかし、三島は「そのうちに」、「自分の冷笑・自分のシニシズムに対してこそ戦わなければならない」とおもうようになった。つまり、戦後日本の現実に「冷笑」というかたちで対峙してきたじぶんに対してさえ戦おうとおもったのである。なぜなら、その戦後日本の現実はアメリカの占領が終われば自然に消滅してゆくだろうと考えていたが、そうはならなかったからである。

三島はこのあと、戦後日本の現実をアメリカ占領下で生まれた「戦後民主主義とそこから生ずる偽善」というふうに、より具体的に規定している。そしてそれが、政治においても、経済においても、社会においても、そうして「文化ですら」も浸透し尽されている、と考えた。

その結果、何が生まれたか。「からっぽな」日本が生まれた、というのである。

一歩の距離

「からっぽな」戦後日本は、三島によれば、本来あるべき日本ではない。日本の原理を見失なっているからである。かくして三島は、「経済的大国」となりつつある戦後日本に対して絶望しつつ、次のように現実への訣別宣言をするのだ。

> 私はこれからの日本に大して希望をつなぐことができない。このまま行ったら「日本」はなくなってしまうのではないかという感を日ましに深くする。日本はなくなって、その代わりに、無機的な、からっぽな、ニュートラルな、中間色の、富裕な、抜目がない、或る経済的大国が極東の一角に残るのであろう。それでもいいと思っている人たちと、私は口をきく気にもなれ

なくなっているのである。（傍点引用者）

三島がこの「私の中の25年」を書いたのは、改めていうが、一九七〇年七月、日本が高度経済成長まっ只中のころである。当時、「世界第二の経済大国」といった統計が出はじめていた。もっとも、「ジャパン・アズ・ナンバーワン」という過大評価はまだ生まれていない。

としたら、三島が一九七〇年の時点で、将来の日本に対して「或る経済的大国」が極東の一角に残るのだろう、とのべているのは一種の予告になっている。一九八〇年代後半から日本はバブル経済に狂奔するようにさえなったからだ。そして、その「経済的大国」は「からっぽな」日本であり、それはすでに日本ではない、と断言していたのである。

この末尾にある、「それでもいいと思っている人たちと、私は口をきく気にもなれなくなっているのである」とは、三島の現実との訣別宣言といっていい。ここから、十一月二十五日の決起までは、あと一歩の距離である。

その一歩の距離は、「認識」から「行為」へと跳ぶことである。あえて今後の論理展開を予想するなら、「行為」とは、三島由紀夫のいう「革命哲学としての陽明学」に身を任せることである。そしてそれが、司馬遼太郎のもっとも嫌うところのものであった。

とするなら、わたしたちはここで、三島由紀夫が『金閣寺』のなかで、金閣寺に放火する青年僧に次のように思念させていたことを、改めて思い出しておかねばならないだろう。

『私は行為の一歩手前まで準備したんだ』と私は呟《つぶや》いた。『行為そのものは完全に夢みられ、私がその夢を完全に生きた以上、この上行為する必要があるだろうか。もはやそれは無駄事ではあるまいか。

柏木の言ったことはおそらく本当だ。世界を変えるのは行為ではなくて認識だと彼は言った。そしてぎりぎりまで行為を模倣しようとする認識もあるのだ。私の認識はこの種のものだった。そして行為を本当に無効にするのもこの種の認識なのだ。してみると私の永い周到な準備は、ひとえに、行為をしなくてもよいという最後の認識のためではなかったか。（傍線引用者）

三島由紀夫が「私の中の25年」で、昭和三十二年ごろまでのじぶんを「芸術至上主義者」と捉え、「或る種のひよわな青年」とよんでいるのは、当時はかれ自身が「世界を変えるのは行為ではなくて認識だ」（傍線部分）と考えていたことを示している。認識が世界を変える、と考えるのは、詩人であり、文学者である。三島もそうだった。

『金閣寺』の三島が、青年僧に「行為の一歩手前まで準備」させ、「行為をしなくてもよい」（傍点部分）と考えさせたのは、認識が変わっていればすでに世界を変えたも同然だ、と考えていたからである。

もちろん、青年僧は「行為」の一歩手前で立止まったあと、再び「行為」へと跳んでゆく。それはしかし、小説の仮構のうえでのことだ。

ところが、その十四年後、三島は文学作品の仮構において主人公に「行為」させたのでなく、みずから現実のうえに「行為」したのである。そこに司馬遼太郎が、三島の自決を「さんたんたる死」とよび、三島の異常な死にかたが、あたかも「精神異常者が異常を発し」たものであるかのように読める、異様な批評文を書いたゆえんがあるのだ。

司馬遼太郎の憤死

三島由紀夫が戦後日本の全面否定をしたのに対して、司馬遼太郎は戦後日本を基本的に肯定する立場をとった。司馬は高度経済成長の同伴者でもあった。しかし、かれは同時に、「経済大国」とよばれるようになった〝現在〟の土台をつくったのは、「万世一系」の天皇制のもとにある日本ではなく、結局のところ、「『明治』という国家」なのだ、と考えていた。ちなみに、司馬の『「明治」という国家』の単行本が出たのは、バブル経済まっ只中の一九八九年であった。

ところで、司馬遼太郎は三島由紀夫の死の二十五年あまり後の一九九六年二月十二日、腹部大動脈瘤の破裂で死去（七十二歳）したが、その死の当日、月一回の連載であったため前もって書かれていた「風塵抄――日本に明日をつくるために」（『産経新聞』）が発表されている。そこに、一九八〇年代後半から九〇年代初頭のバブル経済なんて、あれは資本主義とか経済活動というものではない、日本人の欲呆《よくぼ》けにすぎない、といった痛憤の思いをのべていた。

その絶筆となった「日本に明日をつくるために」――遺言のようなタイトルだ――には、次のように書かれている。

物価の本をみると、銀座の「三愛」付近の地価は、右の青ネギ畑の翌年の昭和四十年（一九六五年——引用者注）に一坪四百五十万円だったものが、わずか二十二年後の昭和六十二年（一九八七年——同）には、一億五千万円に高騰していた。

坪一億五千万円の地面を買って、食堂をやろうが何をしようが、経済的にひきあうはずがないのである。とりあえず買う。一年も所有すればまた騰《あが》り、売る。

こんなものが、資本主義であろうはずがない。資本主義はモノを作って、拡大再生産のために原価より多少利をつけて売るのが、大原則である。（中略）でなければ亡ぶか、単に水ぶくれになってしまう。さらには、人の心を荒廃させてしまう。

ここにのべられていることは、ごく素朴な資本主義論というより、司馬遼太郎という文明批評家の良識といっていいだろう。その良識ゆえに、高度経済成長のうえに乗って欲呆けし、バブル経済に狂奔していた日本を、はげしく批判せざるをえなかったのである。

そう考えれば、一九九六年の司馬遼太郎の死は、憤死に近いものだったといえよう。この感想はわたしひとりが抱いたものではなく、作家の塩野七生さんが当時、司馬さんについて「実に悲壮な死に方」をした、と『朝日新聞』（一九九六年六月二十四日夕刊）でのべていた。「司馬先生は、高度成長期の日本を体現した作家です。代表作の表題どおり、『坂の上の雲』を眺めながらまい進してきた日本人の思いを表現した。（中略）バブルだって、遠くから見れば、青空に白く美しく浮かんだ、坂の上の雲だった。先生の死は象徴的でもある。実に悲壮な死に方をされましたよね。日本のことを心配されて。やはり一つの時代が、明確に終わったんだと思う」、と。

思い出す。——司馬さんが亡くなってたしか三年後の一九九九年、それはわたしが『司馬遼太郎』(小沢書店、一九九六年十一月刊)をあらわした二年あまり後のことであるが、テレビ番組の「知ってるつもり?!」が司馬遼太郎の特集を組んだ。出演者は、首相になるまえの小泉純一郎さんと、映画監督の篠田正浩さんと、わたしだった。その番組で、わたしが司馬さんはちょっと「可哀そう」な死に方をした、といった。すると小泉さんが、そんなことはない、幸せな死に方をした、だって功成り名遂げているじゃないか、と反論したのである。

——なるほど、司馬作品はつぎつぎにベストセラーになり、文化勲章ももらって、世間的な意味では功成り名遂げている。しかし、司馬さんの物語り作家としての人生はすでに一九八七年の『韃靼疾風録』よりまえに終えていて、その死までの二十年ちかくは『街道をゆく』や『この国のかたち』などの文明批評家としてのものだった。そして最後は、憤死を思わせるような文章を残した。これは、物語り作家としてはちょっと「可哀そう」な死に方ではないか、というのが、わたしの考えだった。

日本が高度経済成長のはてにバブル経済に狂奔していたとき、司馬遼太郎はこれを憤るしかなかった。としたら、それは三島由紀夫が「からっぽな」戦後日本を憤って自決した行為を、二十五年後に追認したことになるのかもしれない。

そう考えたとき、いやそうではない、司馬遼太郎もまた、一九七一年一月一日号の『週刊朝日』に「街道をゆく」シリーズの連載を「湖西のみち」から開始したとき、高度経済成長のはてに「亡ぶか、単に水ぶくれになってしまう」経済大国の行く末を漠然とではあれ、見通していたのではないか、とおもえたのである。

なぜなら、「湖西のみち」の冒頭には、「街道をゆく」シリーズ全体をつらぬく無意識的なモチーフと、司馬遼太郎の合理的な精神が明らかに見た日本の現実とが、あざやかに表われていたからである。

「近江《おうみ》」というこのあわあわとした国名を口ずさむだけでもう、私には詩がはじまっているほど、この国が好きである。京や大和がモダン墓地のようなコンクリートの風景にコチコチに固められつつあるいま、近江の国はなお、雨の日は雨のふるさとであり、粉雪の降る日は川や湖までが粉雪のふるさとであるよう、においをのこしている。

司馬がここに語っている近江は、日本人の原郷のような、懐しい風景である。そこには、「モダン墓地のようなコンクリートの風景」はない。いや、ないはずである。かれは中学生のころ安土城趾にのぼった記憶、つまり「山が、ひろがってゆく水のなかにあ」るような記憶を近江の心象風景としていた。ところが、そこには、水のたゆたう日本人の原郷が失なわれていたのである。

こんども、安土城趾の山頂から、淡海《あわうみ》の小波《さざなみ》だつ青さを見るのを楽しみにして登った。（中

略）

が、のぼりつめて天守台趾に立つと、見わたすかぎり赤っぽい陸地になっていて、湖などどこにもなかった。

やられた、とおもった。

この「近江」における懐しい原郷の喪失感から、二十五年後のバブル経済下の日本への痛憤までは、司馬遼太郎の精神史にあって、ひとすじなのである。

第二章　一瞬の交叉

司馬が嫌いな北一輝

司馬遼太郎は、じぶんが嫌いなものは出来るだけ扱わない、という流儀を生涯にわたって貫いた。一例をあげれば、昭和の二・二六事件やその思想的指導者といわれた北一輝である。

北一輝の生まれ故郷は、日本海に浮かぶ佐渡ヶ島である。佐渡といえば、『評伝　北一輝』全五巻（岩波書店、二〇〇四年刊）を書いたわたしにはまず北のことが思い出される。しかし、司馬の「街道をゆく」シリーズの「佐渡のみち」には、北の名は一度もでてこない。そこで、わたしは『司馬遼太郎を読む』（めるくまーる、二〇〇五年刊）に、次のように書いたのだった。

わたしなら、佐渡ヶ島はまず二・二六事件の北一輝、ここに流罪になった日蓮や世阿弥、それに韃靼《だったん》人の墓……といった順に「記憶」がわきおこってくる。

ところが、「佐渡のみち」には、いまあげた四つの固有名詞は一度も登場しないのである。

司馬の北一輝嫌いは徹底している。これは、かれが軍事クーデターであった二・二六事件を嫌ったことに通じているのだろう。二・二六の拠点のひとつとなった赤坂の地を扱っても、事件の概容にはほとんどふれず、殺された高橋是清《これきよ》に対する親しみをのべるのだ。

「街道をゆく」シリーズの「赤坂散歩」では、高橋邸趾にたてられた「高橋是清翁記念公園」を歩きながら、こう書いている。


高橋是清は、財政という一芸で生きた。私など昭和二（一九二七）年のときは四歳だったが、このとしにおこった金融恐慌《パニック》の気分をかすかにおぼえている。このとき高橋是清はすでに高齢で野《や》にあったが、蔵相にむかえられた。

「ダルマさんが出てきたからもう大丈夫だ」

という言葉を、大人たちからじかにきいたおぼえがある。

この人はあくまでも健全財政主義者で、軍部の要求する予算をつねに削った。昭和十一（一九三六）年、そのために、いわゆる〝決起将校〟の兇弾にたおれた。二・二六事件である。


『坂の上の雲』でも、高橋是清に対しては非常に好意的で、その苦学力行の生涯やユーモアをただよわせた風貌のみならず、日露戦争の戦費集めのための外債募集で奔走したことをつぶさに物語っていた。いわば良き明治人の代表といった書き振りである。

「赤坂散歩」では、その良き明治人と「破滅」の昭和史との関係が、次のように書かれている。

昭和史は、高橋が居ようといまいと破滅にむかったにちがいないが、かれが明治国家と明治憲法を守ろうとした最後の人であったことはまちがいない。（傍点引用者）

司馬にとって二・二六事件は、さしずめ、その「破滅」にむかう昭和史の象徴だったのである。そうであればこそ、二・二六事件の思想的指導者と目された北一輝などは、やはり扱いたくない対象であったのだろう。

かといって、司馬の北一輝嫌いは、ナショナリズムとか、アジア主義とか、右翼といったイデオロギー的な規定にのっとってのものだったのか、というと、そうではない。だいいち、司馬はイデオロギーそれじたいが嫌いだった。

もっとも、司馬は北一輝の盟友であり、ライバルでもあったアジア主義者の大川周明に対しては、そのアジア主義や右翼といったレッテルを外して評価していた。わたしが一九九五年に『白旗伝説』（新潮社）を著わしたとき、司馬さんがくれた便り（一九九五年六月十二日付）のなかには、大川にふれた次のような一節があった。

……大川周明が右翼でなかった（の範疇に入らない）ということ、よきめききだと存じます。小生はドイツローマン派の人だと思っています。日本の右翼は、朱子学もしくは平田国学だと思いますが、大川周明はちがいますね。慶応の井筒俊彦氏は若いころ大川からアラビア語文献を借りて勉強されましたが、氏に「大川周明はドイツローマン派ですね」というと、「そうです」とまことにあっけないこたえでした。

文中にでてくる井筒俊彦は、イスラーム研究者で、『コーラン』の翻訳（岩波文庫刊）もしている。井筒は若いとき東亜経済調査局の大川のもとで、大川からイスラム文献（アラビア語）のすべてを渡されていた。その井筒の言を引くことによって、司馬は大川から右翼というレッテルを外し、ドイツロマン派的な精神類型に位置づけたのである。

三島の北一輝嫌い

さて、もう一方の三島由紀夫も北一輝嫌いである。三島の『奔馬』（一九六九年、『豊饒の海』第二部）には、「昭和の神風連」を目ざす主人公、飯沼勲の北一輝嫌いが、次のようにのべられていた。

> 北一輝の「日《マ》本国《マ》家改造法案大綱」は、一部学生の間にひそかに読まれてゐたが、勲はその本に何か悪魔的な傲りの匂ひを嗅ぎ取つた。加屋《かや》霽堅《はるかた》のいはゆる「犬馬の恋、螻蟻《ろうぎ》の忠」から隔たることはなはだ遠いその本は、たしかに青年の血気をそそつたけれども、さういふ青年は勲の求める同志ではなかつた。（傍点、振りガナの一部引用者）

三島がここでふれている加屋霽堅とは、明治九年の神風連の乱の副総帥である。飯沼勲は、君側の奸を除く「昭和の神風連」たらんとしていた。つまり、飯沼は加屋霽堅のような一途な恋闕《れんけつ》——天皇への恋心、といってもいい——をいだいており、北一輝の『日本改造法案大綱』（原題は『国家改造案原理大綱』）の意図はそれと「隔たることははなはだ遠」かった、というのである。翻っていえば、北一輝の『日本改造法案大綱』には、「何か悪魔的な傲りの匂ひ」が感じられた、と。

北一輝の『日本改造法案大綱』は、国家支配の「機関」としての天皇を逆手にとり、「天皇ヲ奉ジテ」の軍事クーデターを行なうことによって革命を成就する企てであった。これはたしかに、天皇を一途に恋い焦がれる心とは、隔たること甚しいものだった。その匂いを、三島は嗅ぎとったのである。

三島は、「北一輝論——『日本改造法案大綱』を中心として」（『三田文学』一九六九年七月号）に、北のことを「めざましい天才」とよんだうえで、次のように書いていた。

私は、北一輝の思想に影響を受けたこともなければ、北一輝によつて何ものかに目覚めたこともない。ただ、私が興味をもつ昭和史の諸現象の背後にはいつも奇聳《きしょう》な峰のやうに北一輝の支那服を着た痩軀が佇《たたず》んでゐた。

三島が「北一輝の思想に影響を受けたこと」も、「北一輝によつて（思想的に）何ものかに目覚めたこと」もない、というのは、事実そのとおりである。それは、一言でいえば、二人の天皇観の決定的違いによっていた。

もっといえば、天皇を日本の原理と考えようとする三島と、天皇は国家支配の「機関」にすぎないと考える北との違いである。北一輝のそういう天皇観を、戦前と戦後を通じてもっとも鋭く把握していたのが、三島由紀夫であった。

三島は、北の天皇観にふれて、こう書いていた。

北一輝の天皇に対する態度にはみぢんも温さも人情味もなかつたと思はれる。その一点で青年将校（司馬遼太郎のいう〝決起将校〟――引用者注）との心情の疎隔ができたことは感じられるが、「純正社会主義」（『国体論及び純正社会主義』――同前）の中で現代の天皇制を、東洋の土人部落で行なはれる土偶の崇拝と同一視してゐる点は、北一輝が天皇その方にどのやうな心情をもつてゐるかを、そこはかとなく推測させるのである。彼は絶対の価値といふものに対して冷酷であつた。

北は、三島由紀夫が想像するように、天皇に「絶対の価値」などというものを認めていなかった。たしかに北は、明治維新革命の象徴であった明治天皇に対して、「生れながらなる奈翁《ナポレオン》」（『支那革命外史』一九二一年刊）と書いているように、いわば英雄視していた。しかし、その維新革命によって作られた国民《ネーション》＝国家《ステイト》にとってみれば、天皇は何度もいうように、国民＝国家を運営するための最高の「機関」にすぎないのである。

北一輝は、「僕は支那《シナ》に生れていたら天子に成れると思った」というような矯激の人であった。中国では、革命を起こしてそれが成功すれば、誰でも天子になれる。しかし、日本では天皇の系統以外、誰も天皇になれない。そのような国柄に作りあげられた日本にあっては、革命も天皇の名を手段として使うしかない。そこに北一輝の革命思想の独創性があった。

それゆえ、三島由紀夫は二・二六事件に材をとった小説や戯曲、たとえば『憂国』『英霊の声』『十日の菊』『奔馬』などのどれにも、北をモデルにしたような人物を登場させていない。もし登場させれば、天皇に「絶対の価値」を想定するようになった三島の虚構世界が崩壊するからである。

ついでながらいっておけば、北一輝に「絶対の価値」がなかったわけではない。北にとってみれば、近代の「国民国家（儒教的な公民国家）」こそが、その絶対的な価値であった。それゆえに、かれはその精神の本質においてナショナリストなのであり、「太陽に向かつて矢を番《つが》ふ者は日本其者《そのもの》と雖《いえど》も天の許さざるところなり」（振りガナ引用者）と、帝国主義日本への批判さえ辞さなかったのである。

芸術至上主義的な『午後の曳航』

三島由紀夫は、自決する一年前の『奔馬』（一九六九年刊）や「北一輝論」の時点では、みずからの「絶対の価値」に天皇を重ねていた。しかし、それより十数年まえの『金閣寺』(一九五六年刊)では、金閣という絶対的な価値=美に天皇を重ねてはいなかった。かれは戦後日本に対する「抵抗の方法」として、「冷笑」をこととしていたかもしれないが、その戦後日本に対立するありうべき日本の原理として天皇を持ち出したりしていなかった。

三島が日本の原理として天皇を想定するようになったのは、いつのころからだろうか。この問題は、これからゆっくり考察していかなければならない。そして、三島が絶対的な価値=美をかかげていても、それが「大人しい芸術至上主義者」の行為であるかぎり、司馬遼太郎もこれに絶讃の言葉を送ることを躊躇しなかったのである。

だが、三島が自衛隊市ヶ谷駐屯地に「乱入」し自決したとき、「異常な三島事件に接して」と題した激烈な批評文を書いた司馬遼太郎が、絶対的な価値=美をかかげた芸術至上主義者の行為に絶讃の言葉を送るなどということが、はたしてあったのだろうか。事実、あったのである。(なお、わたしは初出だった連載中、何度か、三島は自衛隊市ヶ谷駐屯地へ「乱入」した、と書いている。これに対して、何人かの読者から、三島は総監との正式な面会の約束をしているので、あれは「乱入ではない」、訂正されたい、という申し入れを受けている。しかし、それはたんに面会の約束であって、総監室を占拠し総監を拘束したうえで、自衛隊員への蹶起を呼び掛けることへの許可ではなかった。その行為はやはり、「乱入」とよばざるをえないのである)。

さて、司馬遼太郎が三島の芸術至上主義的な作品に絶讃の言葉を送っているのは、ほかでもない、その「異常な三島事件に接して」という激烈な批評文のなかにおいてだった。司馬はこの批評文のなかで、「文学者」としての三島を最大限に評価していたのだ。

三島氏ほどの大きな文学者を、日本史は数すくなくしか持っていないし、後世あるいは最大の存在とするかもしれない。

司馬は人をほめるのが上手なひとであるが、「文学者」としての三島については「後世」までふくめるかたちで、「後世あるいは最大の存在とするかもしれない」と、やや大仰な評価の言葉をのべている。しかも、これはいわゆるほめ殺しではなくて、その大きな評価に値する作品として、後述するように、『午後の曳航』をあげているのだ。

司馬は、「文学者」としての三島を評価するにあたって、「美」という観念を持ち出している。そして、「思想もしくは美は本来密室の中のものであり、他人が踏みこむことのできないものであり、その純度を高めようとすれば」、ある種の「狂気」に達する、とも考えていた。

ある種の「狂気」に達した「文学者」のことを、司馬は芸術至上主義者と見なしているのだろう。かれは、三島ほど「異常性」が高くはないが、有島武郎、芥川龍之介、太宰治も同じ系列に入る、とものべている。芸術至上主義者としての「本質」は同じだ、と。

そして、司馬はその芸術至上主義者としての三島由紀夫の「名作」に、一九六三年の『午後の曳航』（書き下ろしで、講談社刊）をあげるのである。

三島氏の狂気は、天上の美の完成のために必要だったものであり、そのことは文学論的にいえば昭和三十八年刊行されたかの名作（まことに名作）「午後の曳航」に濃厚に出ている。この小説は他者を殺す。少年たちが精密な観念論理を組みあげ、その観念を「共同」のものにしたあげく、その論理の命ずるところによって、現実的になんのかかわりもない一人のマドロスを殺す。そういう主題である。（傍点引用者）

司馬はここで、三島の『午後の曳航』の主題を明確に捉えている。それは、少年たちが「精密な観念論理」つまり司馬の別の言葉でいえば「思想もしくは美」を組み立てて、その美の論理に従って、その論理とは「なんのかかわりもない一人のマドロスを殺す」、という小説である。まさしく芸術至上主義的な作品、といってよいだろう。

そしてこの作品を、司馬は言葉を惜しまず、「名作（まことに名作）」と評価している。これは、ほめ殺しではない。芸術至上主義的な作品として、最大限の評価を与えているのだ。このとき司馬遼太郎は、三島由紀夫という、美しいものを見ようとして目をつぶったロマン主義精神と、一瞬の交叉をおこなったのである。

第三章　ロマン主義とリアリズム

三島のなかのリアリズム

ロマン主義とは、美しいものを見ようとおもったら、ものごとの本質を知ろうとおもったら、目をつぶれ、という精神の構えである。三島由紀夫がその意味で、ロマン主義者であったことはまちがいない。

これに対して、リアリズムとは、現実をあるがままに見よ、という精神の構えである。美も、ものごとの本質も、現実のなかにある、という考えである。司馬遼太郎がその意味での、リアリストであったことも事実だろう。

しかし、この対極にあるロマン主義とリアリズムとは、誰のなかにもある精神の両極端なのではないか。つまり、三島のなかにもリアリズムがあり、司馬のなかにもロマン主義があるのではないだろうか。

三島のばあい、かれのロマン主義精神が『金閣寺』や『午後の曳航』という芸術至上主義的作品を結実させた。これは、ロマン主義者はじぶんの内部に美しさや正しさの絶対的規準をもっているのであり、その規準に従って美の世界を創造すれば、それは当然芸術至上主義的な作品になる、ということである。

しかし三島は、そのようなロマン主義精神に発する芸術至上主義的な作品のみを書いていたか、というと、そうではない。たとえば、『鏡子の家』（新潮社、一九五九年刊）という書き下ろし長篇小説である。三島はこの作品で一九五四年という「時代を描こう」とした。より正確にいえば、戦後十年ちかくたった「時代のニヒリズム」を描こうとしたのである。

『鏡子の家』は、次の場面から始まっていた。


みんな欠伸《あくび》をしてゐた。これからどこへ行かう、と峻吉が言つた。

「こんな真昼間から、どこへ行くところもないぢやないか」


作者の三島は、この小説で、戦後十年ちかくたった「時代のニヒリズム」をあるがままに描こうとした。リアリズムの小説といっていい。しかし、そこに登場してくるのは、作者のロマン主義精神を反映した人物たちである。それゆえ、みな現実に対して「欠伸《あくび》」している。

この、現実に対して「欠伸」する若者たちは、ロマン主義者の写し絵といってよいだろう。現実をあるがままに見ようとはせず、その現実に対する不満足の思いを、なにか面白いことがないか、と外に探しに行こうとするのだから。

こういったロマン主義者の心理について、若き石川啄木はかつてみずからの「心の姿」をのぞきこんだうえで、次のような考察をおこなっていた。明治四十三年（一九一〇年）の「硝子窓」

に、こうある。

何か面白い事は無いか！

それは凡《すべ》ての人間の心に流れてゐる深い浪漫《ローマン》主義の嘆声だ。――さう言へば、さうに違ひない。然《しか》しさう思つたからとて、我々が自分の生命の中に見出した空虚の感が、少しでも減ずる訳ではない。（振りガナ引用者）

啄木が書いているように、「何か面白い事は無いか！」というのは、「凡ての人間の心に流れてゐる深い浪漫主義の嘆声」である。しかし、そう嘆いたからといって、じぶんの内なる「空虚の感」がすこしでも無くなるわけではない。

かくして啄木は、みずからをふくめた明治末年の青年たち（北一輝、大川周明、中里介山、石川三四郎、永井柳太郎、大杉栄、下中弥三郎ら……）をとりまいた「時代閉塞の現状」（明治四十三年）のなかで、「何《ど》うしたら面白くなるだらう」と考えて、革命的ロマン主義の地平へと歩み出ていったのだ（拙著『増補・新版　石川啄木　望郷伝説』辺境社、参照）。

啄木は「空虚の感が、少しでも減ずる訳ではない」と書いたあとを、こう続けていた。

私はもう、益の無い自己の解剖と批評にはつくづくと飽きて了つた。それだけ私の考へは、実際上の問題に頭を下げて了つた。――若《も》しも言ふならば、何時しか私は、自分自身の問題を何処までも机の上で取扱つて行かうとする時代の傾向――知識ある人達の歩いてゐる道から、一人離れて了つた。

「何か面白い事は無いか。」さう言つて街々を的《あて》もなく探し廻る代りに、私はこれから、「何うしたら面白くなるだらう。」といふ事を、真面目に考へて見たいと思ふ。（同前）

啄木はみずからの「心の姿」の考察を材料に、「何うしたら面白くなるだらう」と考えを推しすすめ、革命的ロマン主義の地平へと歩み出るのである。

しかし、三島の『鏡子の家』の主人公たちは、そのように革命的ロマン主義へと歩をすすめたりはしない。それは、三島がこの小説の主題を一九五四年という戦後十年ちかくたった「時代のニヒリズム」と定め、それをリアリズムによって描こうとしたからである。

『鏡子の家』の不評

石川啄木の「時代閉塞の現状」は、明治末年の青年たちが、いまは何も起きない、じぶんたちは何も出来ないというニヒリズムに陥っている、と分析していた。それと同じように、『鏡子の家』の鏡子は、「世界の崩壊」を信じている年下のニヒリストのエリート・サラリーマン、杉本清一郎に、戦後十年ちかくたった時代にそんなカタストローフ（大団円）は永遠に訪れない、というのだ。

「でも今日このごろにはそんな話(「世界の崩壊」)は、誰に話したつてまともに受取られるわけはなくつてよ。これがまだ戦争中で大空襲の最中だつたら、みんな清《せい》ちやんの言ふとほりだと思ふでせうよ。戦争がすんで共産党の人たちが、明日にも革命が起りさうなことを言つてゐた時なら、それはまだしもよ。つい三四年前でも、朝鮮戦争が起つた当座なら、みんな信じたかもしれない。……でも今はどうでせう。何もかも昔にかへつて、みんなのんびりした顔をして暮してゐるわ。世界がもうおしまひだなんて言つたつて、誰が信じると思つて? 私たちが一人残らず福龍丸に乗つてゐたわけぢやないんですもの」

この鏡子の発言にある「福龍丸」は、昭和二十九年(一九五四年)、南太平洋のビキニ環礁でおこなわれたアメリカの水爆実験によって放射能をあびた日本のマグロ漁船の名である。

この「福龍丸」の名一つをとってみても、三島が『鏡子の家』で、一九五四年当時の「時代のニヒリズム」を描き出そうとしていたことが明らかとなるだろう。要するに、もう戦争も終わり、共産党が「革命」を叫んでいた熱狂も去り、朝鮮戦争さえ休戦になった。第五福龍丸のような悲劇はあったが、それはほんの一握りの人びとの悲劇だった。つまり、もう時代は動かない、何のカタストローフも起きない、というのである。

「鏡子の家」は、いってみれば、その「時代のニヒリズム」の容器なのである。三島のリアリズムは、そのことを次のように描き出していた。

もし鏡子の父親が幽霊になつてこの家へあらはれたら、来客名簿を見て肝を潰すことになつたにちがひない。階級観念といふものをまるきり持たない鏡子は魅力だけで人間を判断して、自分の家のお客からあらゆる階級の枠を外してしまつた。どんな社会の人間も鏡子ほど、時代の打破したところのものに忠実であることはできなかつた。ろくすつぽ新聞も読まないのに、鏡子は自分の家を時代思潮の容器《いれもの》にしてしまつた。彼女はいくら待つても自分の心に、どんな種類の偏見も生じないのを、一種の病気のやうに思つてあきらめた。田舎の清浄な空気に育つた人たちが病菌に弱いやうに、鏡子は戦後の時代が培つた有毒なもろもろの観念に手放しで犯され、人が治つたあとも決して治らなかつた。いつまでたつても、アナルヒーを常態だと思つてゐた。

この「時代のニヒリズム」の容器である「鏡子の家」に集まってくるのが、ニヒリストの杉本清一郎のほかに、美男子の若い日本画家・山形夏雄、私大のボクサー・深井峻吉、売れない俳優の舟木収などである。小説は、この四人がいずれも挫折し、「鏡子の家」に夫が帰ってくる現実で終わる。

三島由紀夫はこの小説で、繰返すが、戦後という「時代のニヒリズム」を忠実に描こうとした。本人とすれば自信満々の作品だったが、世間からはほとんど評価されなかったのである。これは、誰も三島のリアリズム小説を望んでいなかった、ということだろう。

『鏡子の家』の不評は、自信家の三島をよほど傷つけた。かれはその後、二度とリアリズム小説を書こうとしなかった。

司馬のロマン主義とリアリズム

さて、一方の司馬遼太郎はその晩年において、ものごとをあるがままに見ようとするリアリスト、それゆえに合理的な精神の持ち主という評価が固まった。これはしかし、予断的にいえば、司馬が一九七〇年の三島由紀夫事件以後に画いた精神的軌跡の結果にほかならなかった。

司馬がリアリズムを愛し、ロマン主義に対して常に距離を置こうとしたことは、かれが正岡子規を好み、石川啄木を評価しなかったことにも象徴的だろう。子規は、その文芸の方法を「写生」、つまりリアリズムに置いた。だから評価する。いや、好きだったのである。これに対し、ロマン主義的な啄木に対しては感傷に流れやすい、と評価し、遠ざけたわけだろう。

司馬が子規を扱った作品は、『坂の上の雲』(一九六八―七二年)をはじめとして、数多くある。『街道をゆく』のなかでも、何度か言及している。しかし、啄木に関しては、ほとんど言及したことがない。ただ、「街道をゆく」シリーズ全巻をよんでみたら、司馬は「北海道の諸道」のなかで、明治時代の釧路を語るのに啄木の歌(三行詩)を引用していた(歌についての文学的な批評はのべていない)。

この子規と啄木の扱いかたの差だけをみても、司馬のロマン主義精神への冷淡さがおおよそ見てとれる。かといって、司馬が流行作家となった一九六〇年代前半から、ロマン主義に対してずっと批判的だったか、というと、そうではない。当時は、合理的精神の持ち主である坂本龍馬（『竜馬がゆく』一九六二―六六年）をとりあげる一方で、ロマン主義的精神の持ち主といえる土方歳三（『燃えよ剣』一九六二―六四年）の像を描いているからである。司馬はこのころリアリズムとロマン主義との両極のバランスをとっていた、ともいえる。

司馬は『燃えよ剣』のなかの土方歳三（新選組副長）を、「士道」に殉じた美しい漢《おとこ》として描いていた。――土方は、武士制度が解体してゆく幕末の時代に、ひたすら「士」になろうと志し、ついに「士」として美しく滅んでいった、と。

たとえば、『燃えよ剣』のなかの土方は、次のようにいうのである。

私は百姓の出だが、これでも武士として、武士らしく生きて死のうと思っている。世の移りかわりとはあまり縁のねえ人間のようだ。（中略）時勢などは問題ではない。勝敗も論外である。男は、自分が考えている美しさのために殉ずべきだ。

ここに表出される土方像は、ロマン主義精神そのものである。もちろん、新選組副長だった土方が「世の移りかわり」とまったく無縁だったわけはない。かれはその幕末という時代の「移りかわり」の波をもろに受けていた。

土方は、慶応四年（一八六八年）の鳥羽伏見の戦いで、薩摩軍の大砲と銃撃にさらされた。かれはそのあと、江戸へと逃走するが、その鳥羽伏見の戦いにふれて「もう、槍や刀の時代じゃあ、ねえ」と、一言で表現している。リアリストとしての土方がそこにいる。

にもかかわらず司馬は、明治政府軍の砲火にさらされた箱館戦争で白刃をかかげて颯爽と滅んでゆく、美しい「士」の土方像を描いた。そして、その美しい土方像の造型のために、新選組の池田屋襲撃（元治元年）のさい、尊攘派志士の古高《こだか》俊太郎を拷問し白状させた土方歳三の残酷な現実を削り落としたのである。

『燃えよ剣』の記述は、こうである。

古高は当夜は壬生《みぶ》屯所の牢に入れられ、翌日、京都所司代の人数に檻送《かんそう》されて、六角の獄に下獄した。この夜から、獄吏の言語に絶する拷問をうけたが、ついに何事も吐かず、のち七月二十日、引き出されて刑死した。

歴史の事実としていえば、古高俊太郎は新選組の壬生屯所で、土方歳三から拷問をうけた。その拷問に屈して、古高は池田屋での尊攘派志士の密会を自白したのだ（詳しくは、拙著『増補　司馬遼太郎の「場所」』ちくま文庫、参照）。

そのように考えてみると、『燃えよ剣』における司馬は、すこしもリアリズムに立脚していない。後年のように事実にこだわる歴史小説家でもない。同種の作品は、河井継之助を描いた『峠』（昭和四十三年刊）など、一九六〇年代の作品にいくつか見られる。

しかし、七〇年代に入ると、司馬のこのようなロマン主義的な作風はかげをひそめる。そのきっかけが、三島由紀夫の事件なのではないか、とおもわれる。司馬は三島事件のとき、現実をあるがままに見て、こういった（「異常な三島事件に接して」）。

三島氏の演説をきいていた現場自衛隊員は、三島氏に憤慨してヤジをとばし、楯の会の人をこづきまわそうとしたといったように、この密室の政治論は大衆の政治感覚の前にはみごとに無力であった。

三島の「天皇陛下万歳！」と叫んでの自決を「密室の政治論」とよび、それはヤジをとばした自衛隊員をふくむ「大衆の政治感覚」のまえに敗れ去った、と司馬はいうのである。政治的リアリズムそのものである。

第四章　三島の「私」と司馬の「彼」

何か面白い事は無いか。

かつて石川啄木は、みずからのロマン主義的な「心の姿」をのぞきこんで、「何か面白い事は無いか。」と的《あて》もなく町を歩きまわる心理は「凡《すべ》ての人間の心に流れてゐる深い浪漫《ローマン》主義の嘆声」にほかならない、と考察した。そして、『鏡子の家』を書いた三島由紀夫は、いま自身の心のなかに、啄木が見いだしたのと同じような心理を嗅ぎあてていた。

三島は『英霊の声』と同じ年の「『われら』からの遁走」(一九六六年)と題したエッセイに、次のように書いている。

　正月……。三階から眺めると、今朝は空も澄み、富士の白い頂きもありありと秀で、海のかなたには、いつも見えない島影すら見える。そして眼下に密集する家々には、日の丸の旗は甚だ少ない。

　一体自分はいかなる日、いかなる時代のために生れたのか、と私は考へる。私の運命は、私が生きのび、やがて老い、波瀾のない日々のうちにたゆみなく仕事をつづけることを命じた。

自分の胸の裡には、なほ癒やされぬ浪漫的な魂、白く羽搏くものが時折感じられる。それと同時に、たえず苦《にが》いアイロニーが私の心を嚙んでゐる。

ここで三島は、自身のロマン主義精神が寄る辺無《よるべな》きまま、漂っていることを痛切に感じとっている。もちろん、かれは芸術至上主義的な作品を書きつづけることを、みずからの「運命」と考えている。それが「私」だ、と。

しかし、そうおもう「私」の心のうちを、つめたい隙間風がふきぬけてゆく。おまえはそのように「たゆみなく仕事をつづけ」てゆくために生まれたのか、と。

そう自問して三島は、「一体自分はいかなる日、いかなる時代のために生れたのか」、と書くのである。そして、そう書いてしまえば、「私の運命は、私が生きのび、やがて老い、波瀾のない日々のうちにたゆみなく仕事をつづけること」などではなかった、という「浪漫的な魂、白く羽搏くもの」が胸のうちにわきおこってこざるをえないのである。

じぶんは「私」を「私」たらしめる絶対的なもの、絶対的な美を求めて、戦後を生きようとしていたのではなかったか。「私」は「二十数年前に学校の先輩が云つた『文学をやる』」(「『われら』からの遁走」)などという行為からは遠いところにいたはずではないか。もちろん、その「文学をやる」という行為によって、じぶんは生計を立てることも出来たし、「人を娯しませるといふ大道芸人の技術をさへ、多少は手に入れることができた」。しかしそれは、「私」が「私」であることを証明してはくれない。

三島は、この「『われら』からの遁走」において、「私」が「私」である絶対的あるいは唯一の理由について、語ろうとしていた。それは、かれが戦後日本的な「われら」から必死に逃れようとしていたからだとおもわれる。

この「『われら』からの遁走」というエッセイは、まさしく戦後日本的な大江健三郎＝江藤淳が編集した、『われらの文学』（講談社）という全二十二巻の全集第5巻三島由紀夫に、「私の文学」という通しタイトルのもとに書かれたものである。第1巻野間宏、第2巻武田泰淳、第3巻椎名麟三・梅崎春生、第4巻大岡昇平と、いわゆる第一次戦後派作家がつづき、最終の第22巻が江藤淳・吉本隆明である。

だが、三島由紀夫はこのエッセイの冒頭で、この文学全集が「われらの文学」と名づけられたことに全力で抵抗している。その理由については、追ってのべてゆくことにするが、わたしはこの『われらの文学　5　三島由紀夫』（昭和四十一年三月十五日刊）を所有している。それをみると、三島の「『われら』からの遁走」というエッセイは新カナ遣いで表記されているが、『三島由紀夫文学論集』（講談社、昭和四十五年三月十八日刊）をはじめとする三島本では旧カナ表記になっている。原文は旧カナ表記なのである。

「われら」からの遁走

さて、三島はこのエッセイの冒頭で、「われらの文学」という全集の表題につよく抵抗する理由を、次のようにのべていた。

事の順序として私はまづ、この文学全集の表題にイチャモンをつけるであらう。「われらの文学」とは何であるか？　十代の少年であつたころから、「われら」といふ言葉は、何だか肌に馴染まぬ、不可解な言葉だつた。私にとつては、どうしても「われら」といふ言葉が感覚的にわかりにくかつた。

ここにのべられているのは、いわゆる戦後日本的な「われら」に対する反時代の宣言というより、むしろ三島の集団主義に対する生理的嫌悪感のようなものである。事実、三島は「十代の少年であつたころ」の「われら」にふれて、次のように書いていた。

しかし、「われら」といふ言葉があれほど燦然としてゐた時代も稀である。そして私が、「われら」の一員であるといふ資格を、あれほど強制的に持たされ、且つ、当然のこととして持たされてゐた時代は、もう二度と来ようとは思はれない。もし私が一九四五年までに（たとへ病死であらうと）、何でも構はないから死んでしまつてゐれば、私は否でも応でも「われら」の一員になり了せることができたのだ。

事は何も軍国主義的事例にとどまらない。昔のナンバー・スクールの生徒が、白線帽を握りしめた片手をふりまはして（自ら何の違和感も感じずに）、寮歌を合唱するときには、そこには明瞭に「われら」が在つた。そして私はさういふ「われら」をぞつとして眺めてゐた。

つまり、三島の「われら」に対する嫌悪感は生理的なものであって、たんに戦前日本的（軍国主義的）なものではない。集団主義、あるいは「われら」の一員になることへの根源的違和感とでもいうべき感情である。

「私」のことしか語らない

三島は、戦争中の「われら」の時代、日本の古典文学に閉じこもっていた。そのことによって、三島は戦争という現実から遮断されていた。これは、かれの美の観念が日本古典文学によって形成されていた、ということでもある。そのことに、三島は自覚的だった。

戦後十一年がたった時点、いいかえると『金閣寺』を著わした時点での「自己改造の試み」（一九五六年八月）というエッセイには、三島の次のような自己認識がのべられている。

……日本古典は私の感受性をとことんまで是認してゐるやうに見えたので、私は一時それに全く溺れた。戦争がをはつても、しばらく私はこの耽溺から醒めなかつた。この耽溺が私に強ひた文体が、まさに戦争から現実から完全に遮断してくれたといふ恩恵を、忘れかねたのが真相であらう。かくて戦争の記憶は、文学的には、私にとつて全く美的なものである。（傍点引

用者）

こういった三島の自己認識に従うなら、三島の一九七〇年の「天皇陛下万歳！」と叫んでの自決を、戦前への回帰とみなすのは大いに誤っている。あえていうなら、それは美への回帰とみなさなければならない。三島のいう天皇は、美的な原理にほかならないのである。

しかし、論を急いではならない。三島はいま、「戦争の記憶」は「われら」に属すのではなく、まったくの「私」に属し、それゆえに「私」一人の美的な体験にほかならない、といっているにすぎない。

「『われら』からの遁走」には、こうも書かれていた。

私の青春は、絶対に、絶対に、絶対に、「われら」なんぞとは無縁だつたのである。

そうであるがゆえに三島は、戦後日本的なる「われらの文学」に対しても、断固拒絶の意思を示すのである。

超自我《スーパー・エゴ》＝われら＝われ、といふ公式には一種の適性が要求される。これは教養や階級の如何にかかはりなく、一種の先天的な適性として賦与されてゐるもので、私にはかういふ適性の欠けてゐることが初ッ端からわかつてゐた。

そして私の文学も正にそこに出発したのであり、今更すまして「われらの文学」などに顔を連ねてゐることは、恥づべき振舞である。

「『われら』からの遁走」というエッセイの面白さ（そして危険さ）は、このように三島が「われら」を断固拒絶しながらも、しかし同時に、「私」一人の人生の選択として、「われら」の一員となることもできる、と思念をすすめてゆくところであろう。

……今の私なら、絶対にむかしの「われら」の一員に、欣然《きんぜん》としてなり了《おお》せることができる、といふ、甘いロマンチックな夢想のとりこになりはじめる。私は自分の意志で、二十年かかつてその適性を得、文学はもちろん大切だが、人生は文学ばかりではないといふことを知りはじめたのだ。（振りガナ引用者）

かつて芸術至上主義とは、三島にとって、その文学の目的とするものだった。しかし三島はいま、「人生は文学ばかりではない」と知りはじめた、というのである。これは、他人の人生として考えれば、面白いじゃないか、といって眺めていることができよう。しかし、三島じしんあるいは三島の「私」の人生に入りこんでいるわたし（そして読者のあなた）にとっては、危険そのものである。

それに三島が、「人生は文学ばかりではない」と知りはじめたと書いたこの昭和四十一年は、かれの『英霊の声』という作品が発表された年でもある。あまりに危険すぎないだろうか。三島はむろん、この危険さを自覚していた。

三島由紀夫の文学は、ついに「私」のことしか語らない。しかし、その「私」のことを語る文学に、「彼」あるいは「彼等」という依《よ》り代《しろ》を必要としなければならないことが、文学の不自由さでもあろう。それが三島には我慢できなかった。もちろん、いわゆる私小説のように「私」を語ることも出来なくはないのだが、私小説はかれにとっていわば「フニャフニャした文学表現」であり、かれの美的観念からすれば唾棄すべきものであった。

……私は想定された観客に向つて語りかけることがいやだつたので、つひぞ「彼等」の言葉で語つたことはなかつた。「彼等」に愛される言葉で語ることを避けようとする誘惑は、私の中でますます強くなつた。フニャフニャした青年たちは、いかにフニャフニャした文学表現を愛するか、そして文学の中に自分の無力と弱さの自己弁護の種子をしか探さないか、といふことが、私には経験上よくわかつてゐた。（中略）

私は私のことしか語らなかつたのである。

ここにある「フニャフニャした文学表現」とは、すでにふれたとおり、いわゆる私小説のことである。その代表が、と三島がいっているわけではないが、「文学の中に自分の無力と弱さの自己弁護の種子」を探そうとしている太宰治だ、ということになるだろう。

太宰治は、わたしの考えるところでは、「自分の無力と弱さ」を認め、それを逆手にとり、いわば「自己弁護」することによって勁さを手に入れた文学者にほかならない（『太宰治　含羞のひと伝説』辺境社、参照）。だが三島は、「自分の無力と弱さ」を認めようとしない。もしそんなものがあるなら、それは〝太陽と鉄〟によって自己改造しなければならない、と考えるのである。そこに、三島由紀夫の「私」があり、「人生は文学ばかりではない」と考える精神の質があった。

「彼」もしくは「彼等」の物語り

ところで、いま引いた文章の冒頭部分にある、「想定された観客に向つて語りかけること」というのは、見方によってはかつての大衆文学、いまのエンターテイメント小説にも当てはまることだろう。三島由紀夫のいう、「私」のことだけを語る文学を純文学とよぶなら、大衆文学は「大衆」つまり「想定された観客に向つて語りかける」ていの文学だった。三島作品のなかにも、『幸福号出帆』（一九五五年）や『美徳のよろめき』（一九五七年）といった、その種の「観客」をつよく意識した作品がないではない。

大衆文学あるいはエンターテイメントの小説は、結局のところ「『彼等』に愛される言葉で語る」文学だった。しかし、大衆文学あるいはエンターテイメントの作家は、みずからのなかに「彼等」を持っている、ともいえるのである。その、「彼等」を先天的に持っているかどうかが、大衆作家を成功させるかどうかの鍵ともいえる。三島は先天的に「彼等」をもっていなかった。

いや、「彼等」を持つことじたいを嫌った。

「彼等」に愛される言葉で語れるかどうか、というより、「彼等」を「私」の中にもっていることが、大衆作家の成功の条件なのである。そして、その最大の成功者が司馬遼太郎だろう。三島は中央公論社で『日本の文学』を編むにあたって、松本清張だけは入れるな、といったそうである。もしそのとき、司馬遼太郎の名がリストアップされていれば、三島は司馬にも反対しただろう。

松本清張は一九五〇年代から流行作家だったが、司馬遼太郎が流行作家になったのは六〇年代前半だった。すでにふれたように、司馬の名を高めた『竜馬がゆく』は一九六二―六六年の作品であり、『燃えよ剣』は一九六二―六四年の作品だった。しかし、三島は松本清張についてはもちろん、司馬遼太郎の文学作品を評価したこともないのである。

なお、この『竜馬がゆく』や『燃えよ剣』の時点では、司馬は流行作家ではあるが、国民作家とはよばれてはいなかった。かれが国民作家とよばれるようになったのは、一九六八―七二年に連載された作品『坂の上の雲』で「国民の歴史」を書いたからだった。予断的にいっておくが、司馬はこの作品で、日露戦争を「天皇の戦争」ではなく「国民の戦争」と捉えようとした。そのことによって、司馬の国民作家という評価が定まったといっていい。

ともあれ、三島由紀夫の文学が基本的に「私」を語るもの、いわば「私を見てくれ（look at me）」という近代文学だったのに対して、司馬遼太郎の作品は「彼を見てくれ」、つまり「彼の物語り（his-story）」なのである。『坂の上の雲』に即していうなら、「彼等」の物語り、ということになる。

第五章　西郷隆盛と大久保利通

突然、西郷隆盛の名が

「『われら』からの遁走」というエッセイの面白さ（そして危険さ）は、三島が「われら」を断固拒絶しながらも、「私」一人の人生の選択として「われら」の一員となることもできる、といい、「人生は文学ばかりではない」と思いをつのらせてゆくところにある。もちろん、すぐれて明晰な知性の持ち主であった三島は、こういう思いがいかに危険であるかを自覚していた。「人生は文学ばかりではない」と書いたすぐあと、三島はみずから、次のようにのべていた。

ああ、危険だ！　危険だ！
文士が政治的行動の誘惑に足をすくはれるのは、いつもこの瞬間なのだ。青年の盲目的行動よりも、文士にとつて、もつと危険なのはノスタルジアである。そして同じ危険と云つても、青年の犯す危険には美しさがあるけれど、中年の文士の犯す危険は、大てい薄汚れた茶番劇に決つてゐる。そんなみつともないことにはなりたくないものだ。（傍点引用者）

三島はここで、「人生は文学ばかりではない」と考えることが、「政治的行動の誘惑に足をすくはれる」危険性にほかならない、と知っている。それゆえに、「ああ、危険だ！　危険だ！」と自戒の言葉を重ねるのだ。しかもかれは、その危険さが青年にはひりひりとした美しさをともなう誘惑となるのに、それが「中年の文士」には選挙に出馬するという程度の「大てい薄汚れた茶番劇」に終わると「決つてゐる」、ともいう。

かれの自戒は、「そんなみつともないことにはなりたくないものだ」というシニシズムにまで辿りついている。これが、三島の自決事件のほぼ五年まえのものであることをおもうと、かれが「そんなみつともないこと」を犯す可能性は万が一つにもなかった、といってよいかもしれない。だが、その可能性はほんとうに万が一つにもなかったのだろうか。「中年の文士」が「政治的行動の誘惑に足をすくはれる」危険性を知りつつも、「そんなみつともないこと」を犯す可能性は、ない、といえるのだろうか。

そんな疑問を察知して、というより、三島はみずからの「心の姿」をのぞきこんで、そこに突然、西郷隆盛の名が浮かび上がってくるのを感じとるのだ。

しかし、一方では、危険を回避することは、それがどんな滑稽《こっけい》な危険であつても、回避すること自体が卑怯だといふ考へ方がある。これも尤《もっと》もな考へ方であり、西郷隆盛はその種の英雄だつたのであらうが、西郷隆盛は十年がかりで書く小説のプランなんか持つてゐなかつた。彼は未来を先取しようとする芸術家の狡猾《こうかつ》な企画などは知らなかつた。（振りガナ引用者）

三島がここで書いている「滑稽な危険」とは、さきにあった「中年の文士の犯す危険」、すなわち「大てい薄汚れた茶番劇」の結末にほかならない。しかし、それがどのような茶番劇に終わろうとも、その危険性を回避することじたいが「卑怯だ」という考えかたがある、と三島はいうのだ。

この段階では、その「卑怯だ」という声は、まだ三島の外部からきこえてくる。それゆえ、かれは「西郷隆盛はその種の（滑稽な危険であっても回避することじたいが『卑怯だ』という考え方の）英雄だつたのであらう」といいつつ、みずからを「その種の英雄」と同一視することはしないのである。

つまり、三島は西郷隆盛の名が外部からきこえてくるのを覚知しつつ、その声に必死に抵抗する。「西郷隆盛は十年がかりで書く小説のプランなんか持つてゐなかつた」、と。

これは、じぶんは西郷とちがい、『豊饒の海』四部作という「十年がかりで書く小説」のプランをもっている、という必死の弁解にほかならない。かれは西郷について、「未来を先取しようとする芸術家の狡猾な企画などは知らなかつた」と批評しているが、これは、芸術家のじぶんはそんな「狡猾な企画」をもっている、という自己批判でもある。

だが、その芸術家のじぶんが、「人生は文学ばかりではない」と知りはじめている。そうだとしたら、じぶんもいずれ西郷のように、「薄汚れた茶番劇」を回避することじたいが「卑怯だ」と考えないとも限らない。三島はその極限で、いま思いを悩ませている。かくして、いう。

このやうな芸術家といふ人種にとつては、危険とは何を意味するか？　私にはそこのところが非常に興味がある。年々その興味が募つて、今ではその興味のために発狂しさうだ。

これは、三島の内部の真実の声といっていい。かれはいま、芸術家にとって「危険とは何を意味するか？」と考えに考えて、「発狂しさうだ」というのである。三島の自決からほぼ五年を遡ぼるこの時点で、だれもかれのこの声を真実のものだとはおもっていなかった。

陽明学の系譜

三島由紀夫は「『われら』からの遁走」というエッセイを発表した時点（昭和四十一年一月）にあっては、西郷隆盛の名をまだみずからの外部に置こうとしていた。しかし、かれが自決を思い決していた時点にあっては、みずからを西郷の系譜に置いたのである。このばあい西郷とは、陽明学の徒、と言い換えてもいい。

三島がその自決の年に発表した「革命の哲学としての陽明学」（『諸君！』昭和四十五年九月号）には、陽明学を革命哲学であると規定したうえで、その陽明学と明治維新との関係が、次のように説明されていた。

……陽明学は、明治維新のような革命状況を準備した精神史的な諸事実の上に、強大な力を刻印していた。陽明学を無視して明治維新を語ることはできない。

ここで三島は、明治維新を一種の革命と捉え、そのような革命を準備した「精神史的な諸事実」に強大な影響を及ぼした哲学として陽明学を考えているわけだ。

このことについては一々論証をしないが、一つだけその証拠をあげるとするなら、明治政府のお雇い外国人で、物理・化学を講じたウィリアム・E・グリフィスの「明治大帝の印象」（『明治大帝』昭和二年刊）をあげれば、十分であろう。そのなかに、こう書かれている。

明治大帝は幾多《いくた》の偉人を引附けられたが、それは、大帝御自身が偉人であらせられたからである。全く新政府設立の当時、大帝の周囲に、あれ程多くの有力者がゐたことは確に驚異であつた。彼等は異常な人であつた。年が経つて見るからさう思へるのかも知れないが――然しその為ではないと思ふ。彼等はみな王陽明哲学の信徒であつた。その上に外人教師ヴァーベック博士（フルベッキ――幕末に宣教師として来日し、岩倉使節団の米欧派遣を提案した教育者。グリフィスを福井藩に紹介している）といふ利益を持つて居た。王陽明哲学は余り進歩的であるために支《シ》那《ナ》では深く根を下《おろ》した事はないが、日本では私の所謂《いわゆる》「五十五人の明治創設者」の悉《ことごと》くがその信奉者であつたと思ふ。（振りガナ、カッコ内引用者）

グリフィスはここで、明治維新を成しとげた革命家の「悉く」が陽明学の徒であった、といっている。その代表的人物として想定されているのが、吉田松陰であり、西郷隆盛であろう。これら陽明学徒の革命家に加えて、グリフィスはみずからの師でもあったフルベッキが明治国家に国家建設の実益をもたらしたとも付け加えているわけだ。いずれにせよ、明治維新の革命精神の根本が陽明学によって形づくられている、と考えていたことはまちがいない。

そうだとすれば、このグリフィスの考えは、三島の「陽明学を無視して明治維新を語ることはできない」という発言に通じている。三島は、いつの時代でも革命を用意する哲学、およびその哲学を裏づける心情があるが、明治維新のばあい、その能動的ニヒリズムが陽明学であり、ミスティシズム（神秘主義）が平田国学であった、とも指摘していた。

結局のところ三島は、陽明学こそが明治維新という革命を用意する哲学であった、と考え、その陽明学徒の日本における系譜を次のように描くのである。

……中江藤樹《とうじゅ》以来の陽明学は明治維新的思想行動のはるか先駆といわれる大塩平八郎の乱の背景をなし、大塩の著書『洗心洞箚記《さっき》』は明治維新後の最後のナショナルな反乱ともいうべき西南戦争の首領西郷隆盛が、死に至るまで愛読した本であった。また、吉田松陰の行動哲学の裏にも陽明学の思想は脈々と波打っており（後略）

つまり、日本における陽明学徒の系譜は、中江藤樹を学祖に据えたうえで、大塩平八郎、西郷隆盛、吉田松陰、そうしてここではふれられていないが乃木希典《まれすけ》へとつながる革命哲学になっていた、というのである。この陽明学徒の精神史的見取り図はほぼ正確といっていいが、その陽明学徒の系譜——三島由紀夫もふくめて——こそが、のちにふれるように、司馬遼太郎がもっとも忌み嫌うところのものであった。

陽明学はその「知行合一」という行動哲学によって、日本精神史に特異な峰を形づくった。陽明学は江戸時代に官学となった朱子学の分派といっていいが、朱子学がついに認識論を主とし、朱子のいう「知先行後」だったのに対して、するどく反逆した革命思想であった。

三島はこの、朱子学と陽明学の対抗関係を、短い文章で、みごとに捉える。さきの「吉田松陰の行動哲学の裏にも陽明学の思想は脈々と波打っており……」につづく条《くだ》りは、次のようになっていた。

一度アカデミックなくびきをはずされた朱子学（つまり陽明学——引用者注）は、もとの朱子学が体制擁護の体系を完成するとともに、一方は異端のなまなましい血のざわめきの中へおりていき、まさに維新の志士の心情そのものの思想的形成にあずかるのである。

朱子学は「知先行後」の認識論となることによって、「体制擁護の体系」となった。これが、朱子学が江戸時代に官学となりえた秘密である。しかし、陽明学は朱子学に基礎をおきながら、「知行合一」の行動哲学を形づくり「なまなましい血のざわめきの中へおりてい」った。そこに、維新革命家が陽明学徒たるゆえんがあった、と読み解くのである。すぐれて明晰な知性のあざやかな論理展開、といっていい。

司馬の激烈な松陰（陽明学）批判

三島由紀夫の明晰なる知性は、朱子学と陽明学の対抗関係をみごとに捉えた。だがこれは、ある意味で、第二次大戦後の「体制擁護の体系」となった丸山真男の思想（＝戦後民主主義）に対する批判でもあった。「革命の哲学としての陽明学」には、丸山の朱子学と陽明学の対抗関係に対する把握が、次のように要約されている。

たとえば丸山真男氏の『日本政治思想史研究』における陽明学の取り扱いにも見られるように、氏はそのかなり大部の著書の中でわずかに一頁のコメンタリーを陽明学に当てているに過ぎない。氏は、陽明学をあくまで朱子学に依存する一セクトとして見、これを簡略に説明して、朱子の「知先行後」に対して「知行合一」を主張するところの主観的、個人的哲学であるとなし、陽明学は朱子学の理の内包していた物理性をことごとく道理性のうちに解消せしめたが故に、朱子学ほどの包括性をもたず、朱子学ほどの社会性を失った、と説いている。

要するに、丸山真男が『日本政治思想史研究』で説いているのは、朱子学が世界の成り立っている物理を認識しようとする全体的な認識哲学だったのに対し、陽明学はそれを個人的な道理に還元し、いってみれば「私」は何をなすべきかを問うたものにすぎない、それゆえに「社会性を失った」、というのである。

こういった丸山の陽明学批判に対して、三島は朱子学が結局のところ「体制擁護の体系」を完成したのに対し、陽明学が主観的な「革命哲学」を形づくった、と逆の評価をするのである。そして、この「革命哲学」としての陽明学を評価することによって、三島は丸山真男をいわば戦後「体制擁護の体系」と見なして否定した一九六〇年代末の全共闘運動との相似を形づくるわけである。「体制擁護の体系」の朱子学＝丸山真男を、三島由紀夫と全共闘が挟み撃ちした、ともいえるだろう。

しかし、三島由紀夫と全共闘運動の相似性については、別に詳しく論じることにしたい。いまは、三島が朱子学と陽明学の対抗関係についてあざやかな論理を打ち出し、みずからをその陽明学の系譜に位置づけたことに対して、司馬遼太郎が「異常な三島事件に接して」で根源的な違和感を表明していたこと。そして、そのことをどう理解したらいいか、を問題にしなければならないだろう。

司馬は「異常な三島事件に接して」で、「念頭に三島氏を置」きながら、陽明学の徒としての吉田松陰をはげしく批判している。司馬はまず「思想というものは、本来、大虚構であることをわれわれは知るべきである」と書く。虚構であるから、思想はそれじたい論理的な結晶化をとげるところに「思想の栄光」がある、つまりは「現実とはなんのかかわりもない」、というのである。

これは、思想のもつ自律性のみを問題にしており、思想のもつ社会的機能を一切捨象した議論ともいえようが、司馬の考える思想とはそういうものであった。その考えに従って、司馬は「知行合一」の陽明学徒である吉田松陰を、三島を「念頭に置」きながら、次のように批判するのである。

……思想は現実と結合すべきだというふしぎな考え方がつねにあり、とくに政治思想においてそれが濃厚であり、たとえば吉田松陰がそれであった。

司馬はこのあと、陽明学の「知行合一」とその代表的思想家であった松陰とを、激烈な調子で批判してゆくのである。

大久保の名はない

西郷隆盛と大久保利通は、維新史いや近代日本史のなかで併称されることが多い。しかし、その併称は、正確にいえば、明治維新革命の成就までのことであって、それ以後の二人の役割は、かれらの資質のちがいもあって、天と地ほどもちがっている。

そのちがいを簡潔な対比でいえば、西郷は明治維新革命をつくりあげた革命幻想の体現者であり、大久保は維新革命によって成立した明治国家の設計者であった。そして、こういう二人のちがいを、西郷じしんが明確に認識していた。

大久保（号、甲東）についてのエピソード集である『甲東逸話』（勝田孫弥著、昭和三年刊）には、西郷（号、南洲）の次のようなことばが引かれている。

南洲は嘗《かつ》て甲東の人と為《な》りと自己の性情とを対比して云ふた、「若《も》し一個の家屋に譬《たと》ふれば、われは築造することにおいて遥《はるか》に甲東に優つて居ることを信ずる。然《しか》し、既に之《これ》を建築し終りて、造作を施し室内の装飾を為し一家の観を備ふるまでに整備することに於ては、実に甲東に天稟《てんぴん》あつて、我等の如き者は雪隠（鹿児島の方言せっちん、便所）の隅を修理するも尚《な》ほ足らないのである。然しまた一度、之を破壊することに至つては甲東も乃公《だいこう》に及ばない。」と。（振りガナ引用者）

ここで西郷がのべている「建築」と「破壊」を、明治国家のそれに即していえば、明治十年の西南戦争は、「建築」された明治国家が西郷の革命幻想から逸脱したがためにその「破壊」が行なわれたのだ、ということができよう。翻って大久保のほうからそれをみれば、西郷は大久保がいっしょうけんめいに設計して「整備」した明治国家を「破壊」しようとしたのだ、と。

もちろん、西郷隆盛が革命幻想の体現者であるためには、かれはその信奉者たちにとって一種のカリスマ（超能力者）でなければならない。カリスマとしての求心力をもたなければならないのである。
じっさい、西郷はそのような革命的カリスマとして、人びとの信奉をあつめた。西南戦争のとき、中津藩出身の増田宋太郎（福沢諭吉のまたいとこ）は、最後の城山籠城にまで加わり、戦死している。かれはどちらかというと、民権的な思想をもっていたが、中津藩士六十三人をひきいて最後まで西郷につき従った理由を、次のようにのべている（『西郷南洲遺訓』逸話篇）。

「吾此処に来り始《はじめ》て親しく西郷先生に接することを得たり。一日先生に接すれば一日の愛《あい》生ず。三日先生に接すれば三日の愛生ず。親愛日に加はり、去るべくもあらず。今は善も悪も死生を共にせんのみ」

西郷はこのように、信奉者たちからの親愛をあつめるカリスマであった。
これに対して大久保は、みずから設計した国家の威厳ある指導者として、人びとを畏怖せしめた。『甲東逸話』には、次のようなエピソードが遺されている。

甲東が威厳に富んでをつたことは、前にもしば〳〵述べたが、今こゝに更にその一例を物語らう。
甲東が毎朝馬車を駆つて内務省に到り、玄関前にて車より下り、長い敷石の上や廊下を歩むとき、戛々《カツカツ》たる其靴音は、省の隅々までも響きわたり、階上階下共に雑談や笑声を止めて、省

内は恰《あたか》も水を打つたやうに静まりかへつた。（振りガナ引用者）

まさしく、威厳辺りを払う、といった風情である。そして、その大久保の威厳は、かれの国家的設計を支える合理主義精神、透き通った知性、そうして冷徹な行動力によってもたらされたものであった。

西郷隆盛と大久保利通のような組み合わせは、革命期にあっては多くの国に見られる。キューバ革命でいえば、かれらはチェ・ゲバラとフィデル・カストロにあたり、中国共産主義革命でいえば、毛沢東と周恩来にあたるのだろう。革命幻想の体現者と国家設計者の組み合わせである。ところで、三島由紀夫の「革命の哲学としての陽明学」には、西郷の名がしばしば出てくる。というより、陽明学徒を代表する人物として西郷が扱われている。しかし、大久保の名は一度も出てこない。おそらく、三島由紀夫の文学作品、思想作品のすべてにあたっても、大久保利通の名は共鳴の対象としては出てこないだろう。

これは、三島がいちども国家の設計、いや政治の世界を考えてみなかったことを物語っている。三島が政治の世界を問題にしたのは、せいぜいその美学、つまり反政治がもつ政治性にすぎない。三島の美学にあっては、西郷のもつ意味は大きいが、大久保は無意味といっていいのである。

バランスのとれた目配り

こういった西郷と大久保の関係を、司馬遼太郎はその人物像とともに、バランスよく捉えている。

まず西郷についてだが、司馬は維新革命期の西郷を、政治的な人間として押さえている。『明治』という国家』（日本放送出版協会、平成元年刊）に、こうある。

……西郷は甘い理想主義でも、書斎派の文人でもありませんでした。旧幕時代、かれは奔走家として有名で、また藩から島流しにあったことが二度もあり、さらには、かれは目的のためには氷のようにつめたい革命戦略を考えたり実行したりしたひとでもあり、要するに（明治維新まで）四十数年を風雨にうたれてすごしてきた人でした。（カッコ内引用者）

司馬がここで西郷について、「目的のためには氷のようにつめたい革命戦略を考えたり実行したりした」とのべているのは、たとえば、次のような事例を指しているのだろう。――西郷は、徳川幕府をたおすために相楽総三ら尊攘派の浪士たちを使って、江戸市中に騒擾をおこした。これに激怒した幕府・庄内藩は薩摩藩邸を焼き打ちにした。すると京都にいた西郷はこれをきいて、「しめた、これで倒幕の名義ができもうした」と叫んだ、というのである。

このようなマキャベリズムさえ用いた西郷は、しかし、戊辰戦争に勝利したあと「欝々としてい」た。

西郷は、当時のたれの目からも革命の最大の功績者としてみられており、栄光と賞讃でつつまれていました。が、戊辰の戦争から東京へ帰ってきたかれは、ほとんど隠者のようでした。（中略）少年のように身をかがめて悩んだのです。

西郷は革命の成功者であり、「栄光と賞讃でつつまれてい」たにもかかわらず、「ほとんど隠者のよう」に「欝々としてい」たのは、なぜか。それは、革命幻想を体現している西郷にとって、もはや成すべきことがなくなってしまった、ということなのだろう。もちろん、かれに常人のような権力欲があれば、権力を手にして歓びの声をあげたかもしれない。しかし西郷には、その種の権力欲が微塵たりともなかった。

それに、西郷には大久保のような国家を設計する資質もなく、またその情熱もなかった。司馬はそれを、薩摩人の「貴方《おはん》、たのむ」という文化の具現として見て、次のようにいうのである。

じつをいいますと、西郷は幕府を倒したものの、新国家の青写真をもっていなかったのです。新国家の青写真をもっていた人物は、私の知るかぎりでは土佐の坂本龍馬だけでしたが、この人も、維新前夜にテロルに遭ってこの世にはいません。

——たれか、賢い人はいないか。

西郷は、みずからはひっこんで、そんなことを考えていたのです。こんな革命の成功者は、古今いたでしょうか。

つまり、西郷には倒幕後の「新国家の青写真」がなく、それゆえに革命が成就したあとでは、何をしたらよいか途方に暮れていた、というのである。この司馬の観察は正しいとおもわれるが、そのあとで、「こんな革命の成功者は、古今いたでしょうか」とのべるところには、かれの過剰な誉め言葉癖が出ているような気がする。わたしの考えでは、キューバ革命のチェ・ゲバラがそうであったし、中国共産主義革命の毛沢東もそれに近かった。ただ、毛沢東はその強い権力志向によって、再び文化大革命を起こして大失敗したのである。

それに司馬は、「新国家の青写真をもっていた」のは「土佐の坂本龍馬だけ」というが、龍馬の師である横井小楠——明治二年に暗殺された——は、まさしくその青写真をもっていた。あえていえば、龍馬の青写真は師の小楠ゆずりのものであった。

それればかりではない、龍馬と西郷の双方の師である佐久間象山——元治元年（一八六四）に暗殺された——もまた、その種の青写真をもっていたのである。明治初期の政治家たちが理想に掲げた西洋人は、ジョージ・ワシントン（米）と、ナポレオン（仏）と、ピョートル大帝（露）とであったが、このうちナポレオンとピョートル大帝は佐久間象山が理想像としていた。

そういう若干の修正が必要ではあるが、西郷じしんに「新国家の青写真」がなかった、というのは、司馬のいうとおりである。そのことによって、明治維新革命成立後の西郷は「ほとんど隠者のよう」な生活を送らざるをえなかった。唯一の例外が、まだ若い——明治元年に満で十五歳の——天皇の教育と、そのための宮中改革であったろうか。

一方、『「明治」という国家』において、司馬は大久保利通という政治的人間を、最大限に評価している。大久保の履歴についての記述は短いけれども、「明治国家」の体現者、とでもいった表現を用いているのである。

> 私は、こんにちにいたるまでの日本の制度の基礎は、明治元年から明治十年までにできあったと思っていますが、それをつくった人間たちについて、それをただ一人の名で、代表せよといわれれば、大久保の名をあげます。沈着、剛毅、寡黙で一言のむだ口もたたかず、自己と国家を同一化し、四六時ちゅう国家建設のことを考え、他に雑念というものがありませんでした。
>
> 大久保は宰相でもなんでもなく、政府の一つの部分（参議兼内務卿）をうけもつにすぎませんでしたが、ひとびとが大久保を重んじて案件のほとんどをかれのもとに持ちこむか、かれの承諾をえるか、いずれかでありましたので、かれは事実上の宰相でした。それ以上でした。
>
> （傍点、カッコ内引用者）

ここにある、大久保は「自己と国家を同一化し」というくだりは、さきにわたしが要約した「明治国家」の体現者、に相当するだろう。そして、その意識に立って、かれはただ一人で、明治の国家を設計していたのである。それも、西郷隆盛という「革命の成功者」が「ほとんど隠者のよう」になっていたのと相対するかのように。

このように、『「明治」という国家』における西郷と大久保への評価と対抗関係は、やや誉め言葉が大仰になる気配はあるが、司馬遼太郎のバランス感覚をよく表わしていた。

大久保利通評の変化

だが、司馬遼太郎の『「明治」という国家』は、これが平成元年（一九八九）に著わされていることからも明らかなように、司馬の晩年に近い作品である。周知のように、かれはこの七年後、平成八年に七十二歳で亡くなったのだった。

それに、この作品は、テレビ番組の『太郎の国の物語』の語りを元につくられている。もと話し言葉であるために、言葉に重ねとすべりが多く入ってきている。一般視聴者を意識しているため、露骨な批判の言辞も避けられている。

そういう点は割引いて考えなければならないが、にもかかわらず西郷と大久保への評価と対抗関係が非常にバランスのとれたものになっている、と認めることができる。このバランス感覚と、穏和な表現（とくに大久保に対して）は、司馬に特有のものといっていい。しかし、それより二十年まえ――『翔ぶが如く』（一九七二―七六年）よりもまえ――の、佐賀の乱の江藤新平を主人公として描いた『歳月』（一九六九年刊）にあっては、西郷に対する司馬の評価は後年とあまり変わっていないにもかかわらず、大久保に対する評価は後年の『「明治」という国家』とちがって、きわめて苛烈である。

まず、『歳月』における西郷に対する記述から引いておかねばならない。司馬は、明治元年から佐賀の乱の七年のころの西郷にふれながら、こう書いていた。

——将来、九州に足利尊氏のような者がかならずおこって政府をたおそうとする。

と、すでに明治元年に予言した者がある。このするどすぎるほどの予言を遺《のこ》して死んだのは長州出身の初代兵部大輔《ひょうぶ》大村益次郎であり、予言のなかの九州とは薩摩を指し、尊氏とは暗に西郷をさす。西郷は、大村に反乱を予言されるほどにその人気は巨大で、個人をもって政府を凌《しの》いでいた。

かれは参議の身で、しかも陸軍大将を兼ねていた。この西郷の当時の陸軍大将は後世のそれと質が異り、あたかも源氏の征夷大将軍といったようなものにやや似ている。一人しか置かれず、その点、唯一絶対職で、兵馬の実権をにぎっていた。（中略）

しかしこの時期（明治六年の征韓論争当時）の現実の西郷は、そのようではなかった。かれ自身は一種の赤子《せきし》（赤ん坊）のような人格で、その大勢力に傲《おご》るようなところはすこしもなく、配下を煽動しようともせず……（カッコ内引用者）

ここには、歴史的事実に正確であろうとし、しかもその史実を面白く物語ろうとする歴史小説家の司馬遼太郎がいる。そして、この歴史小説にあっては、西郷は、カリスマ的ではありながら、権力欲とは無縁な人間として描かれている。その西郷像は後年の『「明治」という国家』と変わりない。

問題は大久保像である。『歳月』における大久保は、佐賀の乱にさいして「軍事と行政についてのあらゆることがらをかれ一人で専決できるという非常大権」を握って、東京を出発した。これは歴史的事実に即している。しかし、大久保と乱に敗れた江藤新平の関係は、次のように書かれている。


内務卿大久保利通《としみち》の江藤に対する態度は、常軌《じょうき》のはずれたところがある。かれは江藤が土佐に潜入したという報をうけたとき、その逮捕と檻送《かんそう》というただそれだけの目的のために福岡から軍艦一隻を派遣した。(中略)

この間《かん》、大久保利通は、佐賀をはなれない。毎日、日記をつけている。この大久保が、江藤らが甲浦で捕縛されたというしらせをうけたのは、捕縛から六日目の四月二日の夕刻であった。この、かれが待ちかねた事実を通報したのは、兵庫から太平洋まわりで航海してきた軍艦「雲揚」の艦長であった。

「じつに雀躍《じゃくやく》に堪へず」

と、大久保は日記にかいた。

このあたりが、この政略家の他の平均的な人間とまるでちがっているところであろう。もっともすぐれた政略家というのは、合法感覚に富みながらしかも、稀代の犯罪者の素質と実行能力をもたなければならない。(下略)

記述としては、歴史的事実に即している。しかし、その表現が二十年後の大久保評とちがい、温かみというものがない。江藤に対する態度を「常軌のはずれたところがある」といい、大久保日記の「じつに雀躍に堪へず」という文面に対して「稀代の犯罪者の素質」を読みとるところといい、秋霜のごとき冷たさがある。

もちろんこれは、司馬が大久保の合理主義精神の冷厳さに感応した結果とはいえ、さきに引いた『「明治」という国家』の大久保評とは、大きく変わっている。この二十年で、何かが変わったのだろうか。

「鳥瞰」という方法

司馬遼太郎が、大久保利通という政治的人間――一人で政治的な判断をおこない、その責任を一身で担なってゆこうとするタイプの人間――を最大限に評価したのは、一九八九年刊の『「明治」という国家』においてである。ところが、それより二十年まえの『歳月』における大久保像には、司馬が大久保の合理主義的精神の冷厳さに感応した結果とはいえ、秋霜のごとき冷たさのみが強調されていた。

そういう大久保への評価の微妙な、しかし大きな変化を物語っている作品が、『翔ぶが如く』（一九七二―七六）であろう。この作品にあっては、すでにふれたごとく、西郷隆盛はカリスマ的ではありながらも、権力欲には無縁な人間として描かれている。そのイメージは、『歳月』にあっても、『「明治」という国家』にあっても、変わらない。

しかし、大久保利通に対する評価は、微妙に変わっている。そうだとすれば、不変の西郷像に較べれば、大久保像はかなり大きく変わったことになる。その結果、二人のバランスが大きく変わってくるわけだ。

『翔ぶが如く』は、明治六年の「征韓論」から明治十年の西南戦争における西郷隆盛の死、そうして翌十一年の大久保利通の暗殺までを描いた作品である。いってみれば、維新後の日本がどのように「『明治』という国家」を形づくろうとしていたかを、西郷と大久保の対立に焦点をあてながら描いたのである。

そのさい、司馬がとった方法は、『坂の上の雲』（一九六八—七二）と同じく、「鳥瞰《ちょうかん》」という方法であった。かれが一九六〇年代前半に書いた『竜馬がゆく』や『燃えよ剣』、『国盗り物語』などは、一人のヒーローが選ばれて活躍する。大衆小説タイプの英雄譚にちかい。『竜馬がゆく』は坂本龍馬、『燃えよ剣』は土方歳三、『国盗り物語』はその前篇が斎藤道三、後篇が織田信長、といったヒーロー小説である。

それが、六〇年代後半から七〇年代にかけての『坂の上の雲』では日露戦争という歴史を動かしていった国民がヒーローであり、七〇年代の『翔ぶが如く』では明治国家形成期の政治家群像が描かれるというように、歴史小説に変化している。そういう変化を可能にしたのが、「鳥瞰」という方法であったろう。

司馬はその「鳥瞰」という方法にふれて、「私の小説作法」（『毎日新聞』一九六四年七月二十六日）で、次のように書いている。

ビルから、下をながめている。平素、住みなれた町でもまるでちがった地理風景にみえ、そのなかを小さな車が、小さな人が通ってゆく。
そんな視点の物理的高さを、私はこのんでいる。つまり、一人の人間をみるとき、私は階段をのぼって行って屋上へ出、その上からあらためてのぞきこんでその人を見る。おなじ水平面上でその人を見るより、別なおもしろさがある。
もったいぶったいい方をしているようだが、要するに「完結した人生」をみることがおもしろいということだ。（中略）
ある人間が死ぬ。時間がたつ。時間がたてばたつほど、高い視点からその人物と人生を鳥瞰することができる。いわゆる歴史小説を書くおもしろさはそこにある。

司馬がここに使っている「鳥瞰」という方法は、たんに鳥が高い空から地上を見下ろす、空間的視座ではない。それは、時間的な意味ももっている。
一人の人間を高所から丸ごと捉えるばかりでなく、その隣りにはだれがいたか。どこでだれと話し、どちらの方角にむかって、どんなスピードで歩いていったか。かれが歩いてゆくまえとあとに、その場所を歩いていったのはだれか。――そんなことをすべて見渡せるのが、「鳥瞰」という方法だ、というのである。

そうだとすれば、この「鳥瞰」という方法は、一人のヒーローを描くばあいよりも、歴史的群像やその歴史的群像によって動かされた歴史そのもの（たとえば日露戦争）を描くのに適している、といえるかもしれない。司馬が一人のヒーローを主人公にしたヒーロー小説、つまり大衆小説タイプの英雄譚から、歴史そのものの動きを描こうとした歴史小説へと移っていったのは、この「鳥瞰」という方法を手にしてはじめて可能になったのである。

だが、司馬の歴史小説の独自性がこの「鳥瞰」という方法によって生まれたとするなら、その歴史小説としての『坂の上の雲』が成功し、『翔ぶが如く』が失敗したのは、なぜなのだろうか。

『翔ぶが如く』の失敗

『翔ぶが如く』における「鳥瞰」の方法は、たとえば村田新八という旧薩摩藩士にふれた次のような場面に象徴的だろう。

なお、村田新八は西郷隆盛に才能を見出され、もっとも愛された若ものである。西郷の九歳下で、戊辰戦争には庄内戦に出陣し、のち鹿児島常備砲兵隊長となり、維新後は西郷の推せんで侍従番長・宮内大丞《くないだいじょう》となった。かれは明治四年の岩倉使節団に随行してヨーロッパに行き、帰国後は大久保利通から後継者と目された。しかし、西郷が征韓論で下野したことを知ると、すぐに西郷のいる鹿児島に帰ってしまった。西南戦争では二番隊長となり、城山で戦死している。

その村田新八がヨーロッパに行っているときの『翔ぶが如く』の記述。

……かれ（村田）が欧州にいたときに、ロシア人バクーニンが無政府党を創立しているし、エンゲルスが『自然の弁証法』を刊行している。それらが出現する思想的状況は、パリに住んでいれば宿の女中の議論からでも察することができるのである。（カッコ内引用者）

この記述は、大衆文学作家としての司馬遼太郎の自信のほどを示した文章である。なぜならそれは、「宿の女中の議論」に大衆のエートス（心性）をさぐることのできる回路をじぶんはもっている、と読むことができるからだ。そして、その「宿の女中の議論」をきけば、バクーニンが無政府党を創立したり、エンゲルスが『自然の弁証法』を刊行している思想的・政治的状況もわかる、という意味だからである。

翻っていえば、作者の司馬は、ヨーロッパにいる村田新八と同時期のバクーニンとエンゲルスとパリの「宿の女中」とを、鳥のごとく高い、超越した視点から見下ろしている。このように『翔ぶが如く』では、征韓論の対立からその死に至るまで中心人物たるべき西郷と大久保の外に、村田新八、川路利良《としよし》、桐野利秋、伊藤博文……らが、扱われているページ数がちがうだけで、同じ重さの横ならびになっている。

大久保は明治以後の「官」の全体、というより、すでにのべたように「明治国家」を体現した人物だった。その大久保が、警察官僚としては有能で東京警視庁を創設した川路と同じ重さになってしまう。ここに、『翔ぶが如く』の失敗がある。

『坂の上の雲』なら、作品の主人公ともいえる正岡子規と秋山好古《よしふる》・真之《さねゆき》兄弟、そうして副主人公ともいえる乃木希典、東郷平八郎、児玉源太郎、明石元二郎……らが同じ重さで、横ならびになってしまってもいいのである。なぜなら、それは日露戦争という歴史を動かした「国民」の物語だったからだ。正岡子規も、明石元二郎も、……すべて「国民」の一人なのである。

しかし、『翔ぶが如く』は、明治六年の征韓論争にはじまる西郷と大久保の対立が焦点である。それが、西郷や大久保と同じ重さで、村田新八、川路利良、桐野利秋、伊藤博文……らが扱われると、西郷と大久保の対立という征韓論争以後の焦点がややぼけてしまう。

司馬は『翔ぶが如く』の末尾ちかくで、西南戦争の構図を、次のように読み解いている。

西南戦争は、村田新八でさえあきらかに指摘したように、大久保と西郷の私闘にすぎない。それが拡大して、東京で官途についた薩人と郷国にいる薩人との私闘となり、この争いを巨大なものにしたのは、西郷と近衛将校団の帰国であった。かれらの大挙帰国が薩摩の独立性を強くし、いよいよ中央政府の拘束から遠くなった。これを中央化するというのが大久保・川路の目標であったが、元来が同藩同士だけに、わずかな挑発でも結果は陰惨なものになった。川路はきわめて大胆なことに、この県下に帰郷組を送りこんだのだが、それが結局は戦争の導火線になった。そういう近因からいえば川路がこの戦争の挑発人であり、その恨みはすべて大久保にはねかえった。

「島田の一件は、西郷の仕返しといっていい」

と、大久保派の伊藤博文でさえ言ったが、そのことは川路の身に即していえば、川路が西郷を殺し、その報復によって大久保が殺されたことになる。右の因果の図式が、暗い暗い空虚の中に落ちこんだ川路を懊悩《おうのう》させた。

長い引用になったが、これが司馬が『翔ぶが如く』で描いた西南戦争ぜんたいの見取り図である。ちなみに、このなかで言われている「島田の一件」とは、石川県士族島田一郎（ら）の大久保利通暗殺である。

これを、西南戦争に対する見事な見取り図といってもいいが、そのなかに村田新八も川路利良も伊藤博文も重要な役割を与えられている。「鳥瞰」の視点からすれば、これは司馬が登場人物にそれぞれの歩きかた、歩く方向は異なっていても、同じ程度の重さによって必死に生きている人間を見出していた、ということであろう。

だが、この「鳥瞰」の視点に立てば、西郷隆盛がかかえていた、形としては見えない革命幻想を描くことができない。そのために、明治維新革命が終わったあとの西郷は、「無能」として描かれる。

西郷隆盛のカリスマ性

いや、そういってしまうのは、『翔ぶが如く』という歴史小説に対して、やや酷であるかもしれない。司馬は、形のない、いわば革命幻想を体現しているがゆえに描きにくい西郷を捉えようとして、次のようにいっている。

思想像としての西郷という存在は、その輪郭がどこまでひろがっていて、どういう形態をしているのか、きわめて理解しがたい。（中略）

西郷という、この作家にとってきわめて描くことの困難な人物を理解するには、西郷にじかに会う以外になさそうにおもえる。われわれは他者を理解しようとする場合、その人に会ったほうがいいというようなことは、まず必要はない。が、唯一といっていい例外は、この西郷という人物である。

そのようにのべつつ、司馬はわたしが前に引いた、西南戦争中の西郷隆盛のもとに馳せ参じた旧中津藩士・増田宋太郎の言葉を紹介している。なお、司馬はこれを「かの人はまことに妙である。一日かの人に接すれば一日の愛生ず」というように、やや嚙み砕いた表現にしている。『日本の兵士と農民』などを著わした歴史家のE・H・ノーマンは、こういった西郷と増田宋太郎との「愛」を同性愛とみなして、西郷軍はいわばホモ集団だった、と唯物的に解釈することになる。しかし、これは浅薄な見方だろう。司馬はその増田宋太郎の言葉を紹介しつつ、次のように書く。

増田宋太郎というこの若者は、西郷の弁舌に打たれたわけでもなく、西郷の文章を多く読んだわけでもなかった。かれは西郷にじかに接しただけのことであり、それでもって骨髄まで染まるほどに西郷の全体を感じてしまったのである。

ここには、西郷のカリスマ性を何とか捉えようとする司馬の筆致が感じられる。にもかかわらず、増田宋太郎の言葉に比べると、形のない、西郷隆盛という革命幻想を描き出したとはいえないだろう。

征韓論という岐路

司馬遼太郎は、この西郷という革命幻想をねじふせるために、明治以後の「官」ぜんたい、いや明治国家を建設しようとした大久保の視点を仮りた。

まず司馬は、征韓論者といわれてきた西郷の征韓論の実態を、真の意味での征韓論者であった板垣退助のそれに比して、次のように要約している。

西郷のほうが、むしろ温和であった。西郷は断じて軍事行動は不可である、と反対した。まず特命全権大使を送る、意をつくして朝鮮側と話しあい、それでもなお朝鮮側が聴き容《い》れなければ世界に義を明らかにして出兵する、といった。その特命全権大使はかつてのペリーのごとく軍艦に乗って出かけたり、護衛部隊をつれて行ったりすることも不可である、いっさい兵器をもたずに韓都へ乗りこむ、あるいは殺されるかもしれないが、その役は私にやらせてもらいたい、と西郷はいった。

ここには、西郷は征韓論者であるという今日の日韓両国の固定観念をこえて、あくまでも事実に即して西郷を捉えようとする司馬の意思が感じられる。しかし、西郷の「特命全権大使」（＝「遣韓大使」）になるという意思を知りつつ、大久保は西郷がみずからの死によって日本が兵端を開く「名義」とするなら、それははじめから「征討の師（軍）」を起こすのと同じことだ（「征韓論に関する意見書」明治六年十月ごろ）、と考えた。

司馬の想像では、西郷の「遣韓大使」という発想は、明治以後は生きがいを失なってしまった革命家の西郷が見つけた、みずからの死への舞台にほかならない。かくして、『翔ぶが如く』の大久保は、明治国家の建設者たるべく、いちどは廟議で決まった西郷の「遣韓大使」を潰そうと全力を投入したのである。

『翔ぶが如く』には、次のように書かれている。

西郷は倒幕の英雄ではあったが、国家を建設するということの俗でよごれた手を必要とする仕事にはまるで適《む》かなかった。西郷は維新後しきりに百姓をやるといっていたが、それが本音であることを大久保はたれよりも知っていた。ただその歴史の落魄者が、遣韓大使という、自分にとってうってつけの大芝居をみつけたことが大久保にはうとましく思えた。西郷は、その大芝居に生命まで捨てようと思ってかかっている。大久保にすればそうされてはかれの新国家はぶちこわしになると肚《はら》の底から恐怖をおぼえていたであろう。（傍点引用者）

司馬は、西郷が板垣退助のような征韓論者でないことを知っている。しかし、西郷がその「遣韓大使」となることでみずからの死に場所を探しあてた、とも考えている。これに対して、大久保はみずから「かれの新国家」をつくろうとしていた。その明治という「国家」の建設作業にとって、西郷は邪魔であり、「うとましい」存在であった。それは除かなければならない、と政治的人間の大久保利通は考えた。

この征韓論をめぐる西郷と大久保の対立は、何かに似ていないだろうか。しかり、一九七〇年十一月二十五日の、自衛隊への乱入をみずからの死に場所にしようとした三島由紀夫と、そんなことをされては戦後日本にとって迷惑だと考えた司馬遼太郎の位相に、よく似ている。そうだとすれば、司馬遼太郎がこの『翔ぶが如く』のあと、明治国家を「ただ一人」で建設していった大久保利通を最大限に評価しようとした心理が見えてくるだろう。

第六章　『坂の上の雲』の仮構

事実にこだわった歴史小説

歴史小説作家としての司馬遼太郎の最高傑作は、日露戦争という、明治の青春と日本の青春を重ね合わせた『坂の上の雲』（一九六八―七二年）だろう。この作品が「細部」の事実にこだわった歴史小説であることは、かれじしんが認めていた。

司馬は『坂の上の雲』から二十年ほどたった『「明治」という国家』（一九八九年刊）において、日本海海戦でのロシア軍艦「スワロフ」沈没の記述にふれて、次のようにのべている。

> 私は、『坂の上の雲』で日本海海戦を書きましてちょっと苦しみましたのは、日々変化する細部のことでした。たとえば、この軍艦は何日何時にどこにいたといったようなことです。軍艦は動いていています。それが一つ間違うと何の意味もありませんし、しかしそれを間違えないように書いたところでそれは文学的な価値とは関係がないのです。労多くして功のすくない作業でした。（傍点引用者）

ここで司馬は、「この軍艦は何日何時にどこにいた」というような「細部」の事実にこだわり、「ちょっと苦しみました」といっている。これは、『坂の上の雲』のような歴史小説において、事実を「一つ間違うと何の意味もありません」と考えたからである。その点で、司馬はすでに、『竜馬がゆく』のようなヒーロー小説、つまり大衆小説タイプの英雄譚とは異なる地平に立っていた。

『竜馬がゆく』は、司馬作品のなかではいちばん大衆人気のある小説だが、歴史そのものの動きを描こうとした歴史小説ではない。坂本龍馬を自由自在に活躍させるために、「何日何時にどこにいた」というような細部の事実にこだわったりしない。それゆえ、司馬がきわめて新しい発見をしたり、興味ぶかい記述をしていても、『竜馬がゆく』を歴史叙述のさいの参考文献にあげたりすることができない。

たとえば、わたしが『開国・維新』（「日本の近代」第1巻、中央公論社、一九九八年刊）を書いたときでも、『竜馬がゆく』や『燃えよ剣』などに非常な示唆をうけてはいても、これらを参考文献にあげることはしなかった。唯一の例外が、「戊辰の戦乱」に関する章で、大村益次郎を主人公とした『花神』をあげたぐらいだった。

それはともかく、歴史に材をとったヒーロー小説とちがい、歴史小説にあっては細部の事実を「一つ間違うと何の意味もありません」、と司馬はいっていた。しかも、そういう事実にこだわる姿勢をつらぬいていても、そのことと「文学的な価値」とは何の関係もない、と潔いことをいっている。これは、史実にこだわる歴史学者や、事実が全てだと声高にいうノンフィクション作家が、心してきくべき言葉であろう。

にもかかわらず、司馬は歴史小説においてはあくまで細部の事実にこだわり、間違いのないようにしようと心掛けた。そうしないと、歴史の事実の内側にひそむ物語がおのずから浮き出てこない、と考えたからにちがいない。

司馬は、細部にこだわりつつも「労多くして功のすくない作業」の具体例として、『坂の上の雲』の次のようなエピソードをあげている。

やっかいなことは、敵のロジェストウェンスキーという司令長官が乗っている旗艦「スワロフ」の最期についてでした。それが舵を砲撃され壊されて、艦体にも何発か弾を受けて煙が上がっている。舵を壊されているものですから、グルグル同じ場所で回りはじめた。ところが後続している軍艦で「アレクサンドル三世」という「スワロフ」そっくりの軍艦がありました。で、あれは「スワロフ」か、あるいは「アレクサンドル三世」なのか、「三笠」（東郷平八郎の乗る旗艦）のブリッジから見てもよくわからなかったらしいんです。東郷さん（平八郎。連合艦隊司令長官）もよくわからなかった。（中略）
「閣下いまのは何ですか」と幕僚がきくと「よくわからない。アレクサンドル三世かな、スワロフかな」というようなことで、いまだにわかっていません。「スワロフ」も「アレクサンドル三世」も沈んでしまったものですから。
何にしても、僕は「スワロフ」であると勝手にきめたのが、『坂の上の雲』を書く上での自

分に対する規律を破ったことになりました。（カッコ内引用者）

細部にこだわりつつも、その細部において事実がどうなっているのか、結局わからない。そこで司馬は、間違った事実を書いてはならないという「自分に対する規律」を破ったかもしれないとおもいつつ、舵をこわされてグルグル回わっているのはロジェストウェンスキーという司令長官の旗艦「スワロフ」だ、とじぶんで事実を確定したのである。

これは、司馬がウソを書いたということではない。そのように事実を確定したほうが歴史の真実に近づけるだろう、という判断による仮構といっていい。

司馬さんの「予感」

『坂の上の雲』という歴史小説の仮構は、しかし、「スワロフ」の沈没の事実についてよりも、もっと大きな物語全体に関わるものだった。そのことにふれるまえに、ちょっと私的な回想をさしはさんでおきたい。それは、この「スワロフ」の事実をめぐる記述に関わっている。

わたしは一九八八年から九〇年にかけて、のちに『仮説の物語り』（新潮社、一九九〇年刊）にまとめられる三本の評論を書いている。その三番目の評論「仮構の発生する場所」で、「スワロフ」の沈没に関する司馬遼太郎の言説と『「明治」という国家』の仮構について論じたのである（『群像』一九九〇年四月号）。

そこで、『仮説の物語り』が上梓されたとき、司馬さんにその一本を送ったのだった。その「あとがき」には、次のような一節があった。

事実とは、はじめからそこにあるものではない。それは仮説によって発見されるものだ。では、それはどのようにして発見されるのか、そしてどのように表出されるのか。そのことについて、わたしは原理論としてではなく、つぎつぎに生起する現代の作品に即したかたちで考えてみたかった。

扱われている作品は、目次をみてもらえばわかるように、文献資料集といったものから、学術研究、学術論文の形式をよそおったフィクション、歴史もの、小説、詩……さまざまである。要するに、言葉いっさいである。

ここでいう「扱われている作品」の一つに、司馬遼太郎の『「明治」という国家』があったのだ。

そして、司馬さんはこの「あとがき」の一節に、するどく反応したのである。かれは礼状に、送本のお礼をのべたあとで、次のように書いていた。

「言葉いっさい」という大きな視野に感じ入りました。事実という分子レベルから、もっと小さい核の中に物語があることに気づかれたことに驚きつつ、生涯を費やしても尽きない難事業

であることを予感しました。(一九九〇年)十一月二日

見られるように、二十年まえの司馬さんの便りに、「生涯を費やしても尽きない難事業」という「予感」が記されている。これが司馬さんの亡くなる五年ほどまえの言葉であることをおもうと、ずいぶん重い言葉をわたしに遺していったのだなあ、と改めて感じざるをえない。

「乃木神話」の破砕

さて、『坂の上の雲』という歴史小説の、もっと大きな、物語全体に関わる仮構についてである。

司馬は、舵をこわされてグルグル回わっているのは「スワロフ」だ、とじぶんで事実を確定することによって日本海海戦を物語ったわけだが、『坂の上の雲』では日露戦争観それじたいが、じつは司馬の仮構なのである。そのことにわたしがいまさらのように気づいたのは、一つに、司馬の「軍神」乃木希典像に対する徹底した批判があり、もう一つはこれと関わるが、日露戦争における明治天皇の影を司馬が徹底的に排除しようとしたことだった。

このうち、司馬の乃木希典像、ひとことでいえば、戦争の下手な「愚将」像については、福田恆存をはじめとして何人かが異論を提出している。しかし、司馬が『殉死』で描き、『坂の上の雲』で描こうとした乃木の像は、乃木神話として第二次大戦中まで国民のなかに浸透していた

「軍神」、忠君愛国の鑑、至誠の人、といった固定的イメージを打ち砕こうとするものであった。

たとえば、わたしは「歴史は文学の華なり、と。」（『中央公論』一九九六年九月臨時増刊号、のち『増補　司馬遼太郎の「場所」』ちくま文庫、二〇〇七年刊、所収）において、太宰治が「人物に就いて」で書き、日露戦争の旅順攻撃に参加した桜井忠温《ただよし》（のち少将）が書いていたように、乃木希典の左目が少年のころからほとんど「失明」しており、「義眼」であった事実に言及している。

ところが、司馬はその左目の事実について、『殉死』でも『坂の上の雲』でも、一行もふれていない。これは、乃木の左目が少年のころから「失明」状態であったことにふれれば、かれの左目の「失明」が、母親が少年の乃木を折檻したさいに蚊帳《かや》の吊手の金具が当たって左目を傷つけた事実にふれなければならなくなる。すると、その事実は、乃木が母親の「過失」を知られまいとしてじぶんの左目が「失明」している事実を隠そうとした、乃木の「美談」に言及せざるをえなくなるだろう。そこで、司馬は乃木の「軍神」伝説につながる「美談」を語るまいとして、乃木の「失明」の事実を語らなかったのであろう。

「国民の戦争」としての日露戦争

しかし、そういった乃木の左目「失明」の事実より重要であるのが、日露戦争中の四度にわたる御前会議の事実であろう。『坂の上の雲』には、天皇が「親臨」した御前会議の場面が一度も出てこない。これは、司馬遼太郎の日露戦争観の根本にかかわる問題といえよう。

なかでも、明治三十七年十一月十四日の御前会議は、乃木希典・満州軍第三軍司令官の罷免をめぐる重大事件であり、日露戦争の勝敗を左右する戦略会議だった。なお、乃木の率いる第三軍は、旅順攻略に百五十五日をついやし、この作戦の失敗が司馬の乃木「愚将」説の根拠になっている。

旅順攻略の第一回総攻撃は、明治三十七年八月十九日明けがたに開始され、六日間の戦闘（砲撃とそれにつづく肉弾攻撃）で、一万六千の死傷者（うち死者は二千三百）を出した。この戦闘について、『明治天皇紀』は次のように記している。

十九日以来此《こ》の総攻撃に参与せし我が兵力約五万、砲三百八十門、昼夜強襲苦戦を累《かさ》ぬること数日、死傷約一万六千、殆《ほとん》ど一軍戦闘総員の三分の一を失ひ、弾薬亦漸《またようや》く欠乏を告ぐ。（振りガナ引用者）

第三軍の戦闘総員の三分の一を失なって、なお敵陣は陥ちない。この時点で、東京の大本営には、乃木を代えよ、という声があがった。声の主は、参謀次長の長岡外史《がいし》である。山縣有朋を参謀総長とする大本営は、第三軍に主攻点をそれまでの東北正面の東鶏冠山《ひがしけいかんざん》攻撃から、西方正面の二〇三高地に移すように、と訓令した。これは、海軍が以前から要請していた戦術である。大本営はその要請に応えるというかたちで、第三軍に戦術転換をさせようとしたのである。

しかし、第三軍の参謀長・伊地知幸介《いじち》は、なおも東北正面攻撃を主張して、一歩も譲らない。伊地知によれば、二〇三高地は孤立した要塞で、たとえそこを攻略しても敵の死命を制したことにならない、というのである。司馬遼太郎は『坂の上の雲』で、乃木第三軍司令官の不運について、「すぐれた参謀長を得なかったことであった」と一言で断じている。

伊地知は頑固に東北正面攻撃を主張し、乃木は作戦についてはロ出しをしない。そこで、九月十九日から四日間、第二回総攻撃が同じ戦術によって敢行された。結果は、死傷者約四千八百五十である。第一回総攻撃と合わせると、二万をこえる死傷者である。敵要塞はなおも陥ちない。

この第二回総攻撃は、大本営の訓令を無視しておこなわれたので、第三軍司令官の乃木への非難はいよいよ高まった。

十一月十四日の御前会議は、第三回総攻撃に先立って開かれた。これは、十一月九日の時点で、大本営が主攻点を西方正面の二〇三高地に変更するように訓令していたにもかかわらず、満州軍（総司令官は大山巌）および第三軍がこの「新作戦」に従おうとしない。そこで、大本営の山縣ならびに長岡が「天威に藉《か》りて」（『明治天皇紀』）つまり天皇の命令によって、作戦を変更させようと企てたのである。

十四日の御前会議では、東北正面の攻撃と西方二〇三高地の攻撃との利害を、くわしく議論した。その結果、「親臨」した天皇もこの二〇三高地への攻撃に同意することになったのである。

なお、この会議の席で、参謀次長の長岡外史が乃木更迭論を口にしている。これに対して、いわゆる乃木伝説では、明治天皇がこのとき、第三軍の攻撃の失敗を責めて乃木を更迭すれば「乃木は死ぬぞ」といった、と伝えられている。

しかし、公式の『明治天皇紀』には、長岡の乃木更迭論も、それに対する天皇の「乃木は死ぬぞ」という発言も、記録されていない。

とはいえ、『明治天皇紀』を作成するために採取された侍従の日野《ひの》西資博《にしすけひろ》の回想（「子爵日野西資博談」）には、天皇の

乃木も、アー人を殺しては、どもならぬ。


という発言が記録されている。

司馬遼太郎の『坂の上の雲』には、この天皇の発言はもちろん、十一月十四日の御前会議、すなわち「天威に藉りて」乃木の第三軍に作戦変更をさせようとした企てについての記述もない。

これは何を物語っているのか。おそらくは司馬が、日露戦争を「天皇の戦争」と捉えたくなかったこと、ひいては乃木将軍を、「天皇の戦争」を翼賛する「軍神」としないための措置であった、とおもわれる。

司馬にとって日露戦争は、正岡子規や東郷平八郎の副官だった秋山真之《さねゆき》、それに沖縄の漁師など国民一人びとりが歴史の歯車を回わした「国民の戦争」であった。それを「天皇の戦争」にしないため、乃木伝説はもちろん、天皇の発言という事実にもふれなかったのである。

『坂の上の雲』は、「国民の戦争」を描こうとした、司馬遼太郎の仮構にほかならない。

薩長藩閥の人事

では、大本営の山縣有朋（参謀総長）と長岡外史（参謀次長）が「天威に藉りて」、つまり天皇の命令によって、乃木希典の第三軍に作戦変更をさせようとした条りを、司馬遼太郎はどのように小説のなかで描いたか。

まず、第三軍の司令官として乃木が選ばれた経緯について、司馬はこのときの薩長藩閥人事を次のように説明している。

日露戦争を遂行しつつある陸軍の最高幹部には、圧倒的に長州人がおおかった。陸相の寺内（正毅《まさたけ》）、参謀総長の山県、同次長の長岡、現地での総参謀長児玉（源太郎）といったふうに、軍政と作戦面での要職のほとんどを長州閥が占めていた。

ところがおもしろいことに、野戦で大軍を指揮するタイプが、長州人にすくなかった。

――長州人は、野戦攻城の猛将といった人材にとぼしい。

というのは、この当時の非藩閥軍人のあいだでの感想であった。その点は薩摩人がもっとも適していた。野戦の総司令官には薩の大山巌がすわった。さらには野戦各軍のうち、戦略上果敢さを期待された第一軍司令官の職には薩の黒木為楨《ためもと》がついている。第二軍の奥（保鞏《やすかた》。小倉藩）は閥外だが、第四軍の野津（道貫《みちつら》）は薩であった。（カッコ内、振りガナ引用者）

ここには、陸軍の軍政と作戦面に長州人が関わり、一方、野戦で大軍を指揮し実際の戦場でたたかう人材は薩摩に人がいたことが、実例をもって説明されている。

なお、ここに名まえの出てくる将軍のうち、長岡のみが中将どまり、あとはみな陸軍大将に昇進している。ただ、意外に若く五十四歳で死んだ児玉源太郎が大将で終わったのを別にすれば、乃木と黒木を除く、ほか全員が元帥にまで進んでいる。乃木の国民的人気は高かったが、軍部内での乃木の評価はそれほど高くなかったことがわかる。

それはともかく、野戦の指揮官にはほとんど薩摩藩の出身者が選ばれた。このあとを、司馬は次のようにつづけている。


……が、このことを山県がさびしがった。

「ひとりぐらい長州人を入れてもいいのではないか」

といいだして、そういう配慮から、第三軍司令官をえらぶについて、長州人乃木希典が指名された。

当初、

——旅順はたいしたことはあるまい。

という空気が陸軍の首脳にあり、この人事は能力的配慮よりも派閥的配慮のほうがつよかった。

ここで司馬は、乃木が第三軍司令官に選ばれた理由を「派閥的配慮」とよび、当時の旅順占領が軍部からかんたんに成功するとみられていた、と物語っている。日清戦争において旅順が簡単に陥落したことが陸軍首脳の記憶にあったからである。

ところが、旅順は日清戦争後の三国干渉によってロシアが軍港として租借することになった。その結果、旅順港をとり囲む要塞には、厚いベトン（コンクリート）をほどこした堅固な防備が構築されていた。そのことに、陸軍首脳は気づいていなかった。乃木の不運はそこにあった、ともいえるだろう。

乃木軍の頑固さ？

司馬遼太郎は、旅順攻略戦の数次にわたる失敗は乃木軍の作戦のまずさとその頑固さに原因がある、と考えていた。東京の大本営は現地軍の人事権は握っているが、作戦は命令できない。そこで、大本営の山縣と長岡は「天威に藉りて」作戦変更を命令しようとしたのである。

『坂の上の雲』はこの乃木軍と、大本営の作戦指導とにふれて、次のように書いている。

> 乃木軍の作戦のまずさとそれを頑として変えようとしない頑固さは、東京の大本営にとってはすでにがんのようになっていた。

事は簡単なはずであった。

「攻撃の主力を二〇三高地にむければよいのだ。それだけのことが、なぜできないのか」

ということである。二〇三高地さえおとせばたとえ全要塞が陥ちなくても、港内艦隊を沈めることができ、旅順攻撃の作戦目的は達することができるのである。兵力を損耗することもよりすくなくてすむであろう。

「二〇三高地を攻めてくれ」

と、大本営ではさまざまな方法で、乃木軍司令部にたのんだ。が、命令系統からいえば、大本営は満州軍総司令部をとおさねばならず、乃木軍を直接指導できない。さらに現地の作戦は現地軍にまかせるという原則がある。そういう手前、命令ということはできない。示唆《しさ》できる程度である。

乃木軍はすでにふれたとおり、主攻点を旅順の東北正面の東鶏冠山に定め、大本営が主張する西方正面の二〇三高地に改めようとしない。これはひとえに、乃木軍の作戦のまずさとその頑固さに原因があった、いや乃木の「無能」のせいである、と司馬はいう。

『坂の上の雲』の「旅順総攻撃」の章の冒頭は、次のようである。

旅順における要塞との死闘は、なおもつづいている。九月十九日、乃木軍の全力をあげておこなわれた第二回総攻撃につづき、十月二十六日にも総攻撃をくりかえしたが、いずれも惨澹《さんたん》たる失敗におわった。作戦当初からの死傷すでに二万数千人という驚異的な数字にのぼっている。

もはや戦争というものではなかった。災害といっていいであろう。

「攻撃の主目標を、二〇三高地に限定してほしい」

という海軍の要請は、哀願といえるほどの調子にかわっている。二〇三高地さえおとせばいい、そこなら旅順港を見おろすことができるのである。大本営（陸軍部）参謀本部もこれを十分了承していた。参謀総長の山県有朋も、よくわかっていた。

ただ現地軍である乃木軍司令部だけが、

「その必要なし」

と、あくまでも兵隊を要害正面にならばせ、正面からひた押しに攻撃してゆく方法に固執し、その結果、同国民を無意味に死地へ追いやりつづけている。無能者が権力の座についていることの災害が、古来これほど大きかったことはないであろう。（傍点引用者）

司馬の乃木への酷評ぶりには、すさまじいものがある。国民を「無意味に死地へ追いやりつづけている」といい、「無能者が権力の座についている」ともいう。これは、乃木が将軍としてまったく「無能」であり、そのことによって兵が「無意味に死地」に追いやられて死んでゆく、という非難のことばである。作戦批判の域をこえている。

こういった乃木に対する酷評に対して、福田恆存は「乃木将軍と旅順攻略戦」（『中央公論』臨時増刊「歴史と人物」一九七〇年十二月、原題は「乃木将軍は軍神か愚将か」）において、乃木が東北正面の東鶏冠山を主攻点としたのは必ずしもまちがいではなかった、と次のように書いている。

二〇三高地が取れたのは第一回、第二回の総攻撃において本命の東北正面を主攻とし、敵兵力に大打撃を与えて置いたからである。その証拠に、二〇三高地攻撃以後の第三回総攻撃における日本軍戦死者数五千五十二人中、二〇三高地での戦死者は相当なもので二千七百四十二人に達したが、これに較べて、愚かな戦略と評される、東北正面に対する第一回総攻撃の強襲法による戦死者は五千三十七人、数次に亘《わた》る第二回総攻撃では二千四百七十四人であった。つまり二〇三高地の戦死者でも、尤《ゆう》に他の総攻撃と匹敵し得る多数を算したのである。（振りガナ引用者）

福田のいわんとするところは――二〇三高地攻撃での戦死者は二千七百四十二人である。東北正面の攻撃や、第三回攻撃における二〇三高地以外の攻撃による戦死者などと同じような被害がでているから、二〇三高地攻撃がベストの作戦だったということにはならない、と。

要するに、東北正面への攻撃をつづけた乃木を「無能者」と非難するのはいいすぎだ、ということだろう。

二〇三高地問題

こういった福田恆存の指摘や、第三軍参謀の白井二郎中佐の発言（陸軍大学校での講義）などをふまえて、関川夏央は『「坂の上の雲」と日本人』（文藝春秋、二〇〇六年刊）において、第三回総攻撃の次第を次のように結論づけている。

十一月二十八日、二〇三高地山頂の凄惨な争奪戦では、ロシア軍の白兵戦における強さが十分に発揮されました。しかし十一月二十九日、総予備隊第七師団（大迫尚敏中将指揮下）を投入した結果、十一月三十日夜、ついに二〇三高地を占領しました。しかし十二月一日午前二時、ロシア側に再奪回されてしまいます。大連のホテルで児玉源太郎がフォークを放り投げたのは、この報に接したときのことです。二〇三高地の確保は十二月五日でした。しかしこののち旅順開城までは、まだ一ヵ月弱かかるのです。いいかえれば、二〇三高地占領は必ずしも旅順要塞の死命を制することにはつながらなかったわけです。

現実の戦史とすれば、ほぼ関川のいっているとおりだろう。旅順攻略においては二〇三高地の奪取が大きな効果をもったが、それ以前に東北正面の東鶏冠山攻撃がロシア軍に相当の被害を与えていた。そうして、二〇三高地占領から旅順要塞の陥落まではなお一ヵ月弱を要するのである。

とすれば、司馬遼太郎が『坂の上の雲』において、二〇三高地攻撃が旅順陥落を可能にした、それもわざわざ旅順まで出向いた児玉源太郎が乃木から指揮権を奪うことによって可能になったというふうに書いていることには、若干の修正が必要となるだろう。これは、歴史上、いや戦史上の事実確定の問題である。

だが、いうまでもなく、『坂の上の雲』は日露戦争史ではない。日露戦争という「国民の戦争」についての司馬遼太郎の物語なのである。

すでにふれたように、司馬はその「国民の戦争」の物語のために、山縣有朋や長岡外史が「天威に藉りて」乃木軍に二〇三高地攻撃へと作戦変更をさせようとした事実を書いていない。ましてや、明治天皇がこの作戦変更を認め、「乃木も、アー人を殺しては、どもならぬ」と発言した事実についても書いていない。

天皇の「聖断」の位置づけ

司馬が『坂の上の雲』で書いているのは、大本営の山縣・長岡が二〇三高地に主攻点を変えるように現地軍の総司令官に示唆し、満州軍総司令官の大山巌が児玉源太郎に指揮権をまかせた経緯についてである。

乃木が国民を「無意味に死地へ追いやりつづけ」、「無能者が権力の座についている」ことを、司馬は酷評した部分につづけて書いている。

「乃木を更迭《こうてつ》せよ」

という声は、東京の大本営のもはや一致した意見になった。乃木びいきの山県有朋でさえこれに同意した。ただ更迭については、乃木の直属上官である総司令官大山巌の同意が必要であった。が、大山は、

「それはむしろ弊害がある」

として、にぎりつぶした。司令官は一軍の象徴であり、それを作戦の進行中に変えるということは士気にかかわる。戦いは、作戦と士気で決定するものであった。

「作戦がまずければ、参謀をなんとかすればよい。その参謀人事もいまのままでいい。いまのままのかたちで、ほかに工夫を用いればよい」

と、大山はいった。参謀長伊地知幸介の首を切るのは簡単だが、それをやれば乃木軍将士たちは、いまさらのように、

――いままでの作戦で多くの戦友が死んだのはすべて乃木と伊地知の罪である。

ということに気づき、一軍は動揺し、ついには士気の崩壊は食いとめられなくなるかもしれない。大山はそれをおそれた。

司馬がここで書いているのは、乃木の更迭は大本営の方針であるが、それを決定するのはあくまでも現地軍の総司令官（大山巌）である。そして大山は、第三軍司令官の乃木の首も参謀長の

伊地知の首も切らずに作戦変更ができまいかと苦心した、ということである。

この記述のなかに、天皇のことばも、天皇が「親臨」した十一月十四日の御前会議の場面も、出てこない。気配さえない。すべては、大本営の示唆さえ却《しりぞ》けて大山総司令官が苦心したことだ、という書き方である。

大山の苦心のつづき。


……大山が、ほかに工夫がある、といったのは児玉源太郎を筋ちがいながら旅順にやり、乃木・伊地知のかげで覆面の指揮をとらせることであった。これならば、乃木も伊地知も傷つかず、士気の崩壊もふせげる。が、大山は無口な男だけにこのときその腹案を口にしなかった。第一、児玉は沙河《しゃか》における大会戦を遂行中で、身を二つにできるならともかく、旅順へゆけるはずがなかった。大山は時期を待った。


二〇三高地の占領において力を発揮したのは、関川夏央が書いているように、旭川から新たに派遣された予備隊の第七師団である。これは、薩摩出身の大迫尚敏中将が指揮する師団であった。

乃木軍は新鋭師団としての第八師団（弘前）を要求していたが、大本営はこれを遼陽方面に送っていた。日本に残された唯一の軍隊が第七師団だった。ここで、『坂の上の雲』に、やっと天皇の「聖断」がでてくる。

……大本営は（中略）乃木軍の請願をむげにしりぞけるわけにもいかず、結局「聖断」を乞おうとした。参謀総長山県有朋の策であった。天皇の沙汰である、ということで乃木軍司令部をなだめようとし、山県が参内《さんだい》して、そのような沙汰をもらってきた。天皇の「政治」または「軍事」というものは、そういうものであった。

予備隊の第七師団の派遣、ひいては二〇三高地の占領も、山縣の決断であって、天皇の決断ではない。天皇はそのような「政治」および「軍事」の決断をおこなうものではない、という明確な意図が、この司馬の記述にはある。

第七章　陽明学——松陰と乃木希典

「劇中の人」乃木希典

司馬遼太郎の乃木希典像は、かれが一九六八年に『坂の上の雲』の連載をはじめるときには、すでに固まっていた。

のちに『殉死』一巻としてまとめられる司馬の乃木希典像を描いた第一部、『要塞』（『別冊文藝春秋』100号、一九六七年六月）は、結局のところ、「いくさ下手」な将軍の像である。これに対して、第二部の『腹を切ること』（同101号、一九六七年九月）は、陽明学の徒としての乃木像である。

このうち、「いくさ下手」な乃木について、司馬は乃木の生涯のライバルともいえる三歳下の児玉源太郎の証言を引いている。

なお、乃木は長州の長府藩出で、吉田松陰の師匠で叔父にあたる玉木文之進《ぶんのしん》の内弟子になっている。そのため、かれの軍人歴は明治四年、二十三歳のとき、とつぜんの陸軍少佐からはじまった。これに対して、児玉は長州毛利家の分家である徳山毛利藩の出である。明治四年には少尉にすぎなかった。しかし、すぐに乃木の経歴に追いつき、乃木がつとめた台湾総督の後任も児玉である。

それはともかく、乃木と児玉がともに東京鎮台隷下《れいか》の歩兵連隊長となって、対抗演習をおこなったときのことである。司馬は書いている。

この児玉源太郎と乃木希典がおなじ東京鎮台隷下の第二、第一連隊長であったとき、習志野で両連隊の対抗演習がおこなわれた。

演習がはじまるや、児玉は乃木の第一連隊の展開の様子からみて両翼攻撃の意図をもっていると判断し、そう見抜くや連隊を軽快に運動させて隊形を縦隊に変え、縦隊のまま、いままさに両手をひろげたように展開を完了した乃木連隊の中央を突破して分断し、包囲し、大いに破った。児玉は馬をすすめつつ、

「乃木はいくさが下手だ」

と、首すじの蚊をたたきながら大笑いしたという。児玉のいうように、乃木希典の戦歴には、演習までもふくめて勝つということがすくない。

ここには、「いくさ下手」な乃木と、「稀代《きたい》の戦術家」と評された児玉との対比が、あざといまでによく出ている。あざとい、というのは、児玉がたたいた「首すじの蚊」と乃木が重ね合わされるように記述されているからだ。

とはいえ、司馬は乃木を「いくさ下手」の側面によって全否定しているわけではない。かれは乃木希典の本質を「詩人」だと考えているのだ。

たとえば、乃木は西南戦争で負傷し、久留米の野戦病院に送られた（野戦病院から脱走して、ふたたび戦場に戻ったが……）。その入院中に、乃木は漢詩をつくっており、司馬はその詩にふれて、次のように書いている。

この野戦病院では、乃木は一詩を作った。

身、傷ツイテ死セズ、却《かえっ》テ天ヲ怨《うら》ム
嗟吾《ああわが》薄命ヤ誰トトモニ語ラン

という詩句があり、この詩は同室の将校や医官が披見《ひけん》している。乃木希典は本来が実務家よりも詩人であるために、つねに自分を悲壮美のなかに置き、劇中の人として見ることができた。自分の不運に自分自身が感動できるというのは、どういう体質であろう。（傍点引用者）

文中に引かれた詩のなかで、乃木はみずからを「傷ツイテ死セズ」の不運のひとと見なしている。それゆえに、「却テ天ヲ怨ム」というのである。出来たら、戦の最中に傷ついて死んでいきたかった、というわけだろう。

翻っていえば、乃木はこの詩で、美しく死にたかったという心情を漏らしている。ここには、わたしがロマン主義精神とよぶ、「美しいものを見ようとおもったら、目をつぶれ」という精神の傾きがあらわだろう。

司馬はそれを、乃木希典の本質は「詩人」であり、それゆえ「つねに自分を悲壮美のなかに置」こうとする、いわばみずからを「劇中の人」として見ようとする性癖をもっていた、と捉えるのである。なお、司馬はその末尾で、「自分の不運に自分自身が感動できるというのは、どういう体質」なのか、という疑問というより皮肉とみえる評言を加えている。そのことの意味は何か、これについてはもうすこし詳しい説明が必要だろう。

陽明学の徒

乃木希典はみずからを「劇中の人」として見ようとする性癖をもっていた。いや、それはかれ一人の性癖ではなかった、と司馬はのちに明かすことになるが、まずはそれを乃木の性癖つまりかれの生きかただった、と説くのである。

『殉死』の第二部の『腹を切ること』には、日露戦争のあとの凱旋場面における乃木の生きかたが、次のように描かれている。

その凱旋《がいせん》行進が（明治三十八年）九月三十日、東京でおこなわれたとき、他の将軍たちは馬車ですすんだが、希典のみは馬車を用いることを拒絶し、それらの華麗な馬車が進行し去ったあと、かれひとり騎馬をもって行進の最後を、それも離れて進んだ。白髯痩身《はくぜんそうしん》のからだを鞍に託《たく》し、背をやや前へかがめ、内臓の虚弱さをかばうがごとく手綱をあやつってゆく希典の姿は、希典の詩のなかでも傑作のひとつとされている七言絶句をそのまま詩劇のなかに移したかのようであった。詩に曰《い》う。王師百万強虜ヲ征ス　野戦攻城　屍《しかばね》山ヲ作《な》ス　愧《は》ヅ我何ノ顔《かんばせ》アツテカ父老ヲ看《み》ン　凱歌今日幾人《いくたり》カ還ル。……この詩の作者としては二頭だての馬車の奥ふかくにおさまるべきではなかったであろう。単騎すすむことによって群衆のなかに身をさらし、刑場に曳《ひ》かれる者のごとく身を進めてゆかねばならぬであろう。希典はそのようにした。（カッコ内引用者）

司馬は「ひとり騎馬をもって行進の最後を」すすんでゆく乃木の姿に、「自分を悲壮美のなかに置」こうとし、いわばみずからを「劇中の人」として見ようとする乃木の生きかたを捉えた。これは、右の文中に引かれている乃木の漢詩を、乃木じしんが生きようとしていた、という理解である。

その漢詩の大意は、次のようになるだろう。——百万の天皇の軍隊は強敵ロシアを征せんと満州の野に出陣した。野戦攻城して、屍は山をなすに至った。戦いは幸いにして勝ち、凱旋する時が来た。しかし、私は数多《あまた》の将卒を死なしめ、何の面目があってかれらの父老に見《まみ》ゆることができようか。慚愧《ざんき》に耐えない、と。

乃木希典はこの漢詩のこころを、みずから生きようとした。そうだとすれば、凱旋の華やかな馬車にのって皇居へ行進するのでなく、単騎、「群衆のなかに身をさらし」、刑場に曳かれるごとくに歩まねばならなかった。
司馬はそのように乃木の「詩劇」を写しとり、次のように批評した。

もし群衆のなかから石を投げる者があれば希典の美意識はあまんじてそれをひたいに受けたにちがいない。警吏がその者を捕縛《ほばく》しようとすれば希典は馬を寄せ、その警吏を物やわらかに制止したであろう。希典はこの詩の挿画《そうが》のごとく生きてゆこうとした。かれはもともと自分の精神の演者であった。（傍点引用者）

ここで司馬がいおうとしているのは、乃木希典というロマン主義精神の持ち主は、みずからが「悲壮美」として描いた原理のままに生きようとした、ということだろう。

しかし、司馬は乃木のそういう美的な生きかたを、かれ一人の性癖、つまり「体質」と捉えようとしなかった。それは日本の特殊な精神の型である、と考えたのである。陽明学の徒がこれであり、乃木はその陽明学の系譜の末端に位置していた、というのである。

『腹を切ること』には、右に引用した末尾の「かれはもともと自分の精神の演者であった」をうけて、そういう精神の型が陽明学派ぜんたいに共通するものであるとして、次のように説かれている。

自分を自分の精神の演者たらしめ、それ以外の行動はとらない、という考え方は明治以前までうけつがれてきたごく特殊な思想のひとつであった。希典はその系譜の末端にいた。いわゆる陽明学派というものであり、江戸幕府はこれを危険思想とし、それを異学とし、学ぶことをよろこばなかった。この思想は江戸期の官学である朱子学のように物事に客観的態度をとり、ときに主観をもあわせつつ物事を合理的に格物致知《かくぶつちち》してゆこうという立場のものではない。陽明学派にあってはおのれが是《ぜ》と感じ真実と信じたことこそ絶対真理であり、それをそのようにおのれが知った以上、精神に火を点じなければならず、行動をおこさねばならず、行動をおこすことによって思想は完結するのである。行動が思想の属性か思想が行動の属性かはべつとして行動をともなわぬ思想というものを極度に卑《いや》しめるものであった。（傍点引用者）

司馬はここで、陽明学における「知行合一」というテーゼを、「行動をおこすことによって思想は完結するのである」と要約する。つまり、じぶんが真実と感じたものこそが「絶対真理」であり、そのように感じたならば行動をおこさねばならない、と。

そして、このような陽明学の系譜は、「明治以前までうけつがれてきた」のであり、乃木希典はその「末端にいた」と位置づける。ただ、それが「ごく特殊な思想」とされたのは、「江戸幕府はこれを危険思想とし」て「学ぶことをよろこばなかった」からである。

では、徳川幕府はなぜ、朱子学を「官学」とし、陽明学を危険視したのか。司馬は「官学」の朱子学を「物事に客観的態度をとり、ときに主観をもあわせつつ物事を合理的に」解釈・究明してゆこうとしていたと、じしんの合理主義的立場から好意的に評価している。しかし、のちに三島由紀夫の陽明学に対する評価のところでやや詳しく論じるように、朱子学は「大義名分論」を特色にしており、そのことによって体制擁護の体系となっていた。陽明学はこれに対して、三島の用語に従えば「革命哲学」となったのである。

陽明学の「学統の巨魁」大塩平八郎

しかし、司馬遼太郎が陽明学の「革命哲学」的特質から目をそむけていたか、というと、そうではない。

司馬は、朱子学の合理主義的性格が徳川幕府という支配権力にとって有用であったことを十分に理解していた。それゆえ、司馬は陽明学の「知行合一」つまり行動主義に対して、次のような客観的批評をのべるのである。

（陽明学は）いわば秩序の支配者にとってはおそるべき思想であり、学問というよりも宗教であることのほうがややちかい。（カッコ内引用者）

三島由紀夫が陽明学を「革命哲学」と一言で表現したところを、司馬遼太郎はこれが「いわば秩序の支配者にとってはおそるべき思想」であり、学問というより「宗教」というほうが近い、と表現したのである。二人がいっている内容は、ほぼ同じである。ただ、それゆえに三島は陽明学を全的に肯定し、司馬はこれを否定的に捉えるのである。

あえていえば、陽明学に対するこの肯定と否定とが、一九七〇年十一月二十五日にさいして激突したのである。司馬の十一月二十六日の「異常な三島事件に接して」の文章にある、「思想は思想自体として存在し、思想自体にして高度の論理的結晶化を遂げるところに思想の栄光があり、現実とはなんのかかわりもなく、現実とかかわりがないというところに繰りかえしていう思想の栄光がある」という言葉は、行動主義の陽明学に対する批判にほかならない。もっといえば、陽明学を全的に肯定した三島への批判にほかならない。

それはともかく、司馬は『腹を切ること』において、陽明学の「おそるべき」思想と、「学問というよりも宗教である」ゆえんを、その思想的体系を論理でのべるのではなく、「人の系譜」で考えようとした。それは、陽明学の徒が「数はわずか」だが、いずれも「劇的生涯」を送っており、その矯激性をきわだたせようとしたからだろう。

かくして司馬は、陽明学の「日本における学祖」の中江藤樹から、熊沢蕃山《ばんざん》、山鹿素行《やまがそこう》、そうして素行の思想に対する「強烈な信奉集団」となった赤穂浪士に説き及び、ついには「この学統の巨魁《きょかい》」である大塩平八郎の乱（天保八＝一八三七年）を特筆するのである。司馬によれば、大塩の乱、いや大塩の「劇的生涯」は、次のように把握される。

飢民をみれば惻隠《あわれみ》の情をおこす。そこまでが朱子学的世界における仁《じん》である。陽明学にあっては惻隠《あわれみ》の情をおこせばただちに行動し、それを救済しなければならない。救済が困難であってもそれをしなければ思想は完結せず、最後には身をほろぼすことによって仁と義をなし、おのれの美を済《な》すというのがこの思想であった。大塩は乱をおこし、このため市中の焼けること一万八千戸、ついに捕吏に包囲され、自殺した。

司馬のこの、客観的認識を重んじる「朱子学的世界」観と、行動主義的な哲学である陽明学との対比は、簡潔でありながら、大塩平八郎の「劇的生涯」をみごとに言い当てている。殺身成仁（身を殺して仁を成す）というのは『論語』（衛霊公）の一節だが、陽明学徒はこのモラルをわが身のものとして行動した。

司馬はこのあと、陽明学にあっては「事の成否を問うことを卑しむ」といい、「この思想に忠実であるかぎり、大塩平八郎は何人でも出るであろう」と予言的なことをのべていた。

痛みをもって憶い出すことがある。——わたしが物書きになって二十年たち、『中央公論』にはじめての論文「『世界史のゲーム』に日本は勝てるか」（一九八九年四月号）を書いた直後のことだった。平林孝さんというこのときの編集長が、興奮した声で電話をかけてきた。「福田恆存さんが電話をよこしてね。『世界史のゲーム』の論文を読んだよ、大塩平八郎みたいなやつが出てきたねえ、といってました」、と。

わたしはそのとき、福田恆存がその論文を評価してくれたことに喜こびをおぼえるとともに、じぶんが大塩平八郎になぞらえられたことにすこし戸惑いを感じた。そこで平林さんに、「ぼくは大塩のようにカナガシラ（ホウボウ科の硬骨魚）を頭からガリガリと食べたりしませんよ」と笑いながらいったのだった。その平林孝さんも、惜しいことに二〇〇二年、在職中に亡くなってしまった。

河井継之助と小林虎三郎

陽明学にあっては、司馬遼太郎のいうように、「事の成否を問うことを卑しむ」。つまり、成功するならやるという考えかたは不純であるとして斥けるのである。それゆえ司馬は、「この思想に忠実であるかぎり、大塩平八郎は何人でも出るであろう」、と予言的なことをのべたわけだ。そして、この予言を証明するように、司馬は『腹を切ること』で、陽明学の徒、いや大塩平八郎の乱を義挙とみる陽明学の学統を継ぐもの、に言及している。

幕末騒乱期の初期、京におけるもっとも高名な陽明学者であった春日潜庵《かすがせんあん》は安政大獄で下獄しているし、この時代もっとも熱心なこの思想の遵奉者《じゅんぽうしゃ》であった越後長岡藩の家老河井継之助は打算の感覚のきわめて鋭敏なもちぬしでありながら、最後は「成敗は天にあり」として決然と飛躍し、時流に抗し、わずか七万四千石の小藩でありながら官軍に対し絶望的な戦いをいどみ、ついに自滅している。

陽明学徒としての河井継之助については、かつて安岡正篤に『陽明学派としての河井継之助』

（昭和十四年刊）があると紹介するだけで十分だろう。司馬遼太郎は、この陽明学徒であるのみならず、わたしにいわせればロマン主義者でもあった河井継之助を主人公とする『峠』（昭和四十一—四十三年）という作品を書いた。

幕末の長岡藩における陽明学徒でありロマン主義者が河井であるとするなら、朱子学者であり合理主義的なリアリストであったのが「米百俵」の小林虎三郎である。この二人は、子どものころからの仲間で、生涯のライバルであった。

ただ、司馬遼太郎の『峠』では、小林虎三郎の登場はたった一場面である。合理主義的なリアリストを好んだ司馬としては、意外な扱いといっていい。

文久三年（一八六三）、小林虎三郎が三十六歳のとき、小林家は火事で全焼している。このとき、一歳上の河井継之助はあるもくろみのもとに、火事見舞いにでかけた。もくろみとは、ことあるごとに河井に対立する虎三郎の「心を溶かしたい」ということであった。そう、司馬は書いている。

『峠』には、河井と小林との対立ぶりが次のように描かれている。

（河井継之助に対立する）反撥の総大将は家中《かちゅう》きっての儒者であり、家中きっての硬骨漢であった小林虎三郎であった。小林は雅号を病翁《へいおう》と言い、河井家とは親戚のなかであったが、瞬時といえどもたがいにゆるしたことがなく、継之助は、

「小林というやつほどの腐れ学者もいない。あれほどの頭脳をもち、あれほどの骨節《ほねっぷし》のたしか

な精神をもっていながら、書物のみにかじりついて時務も知らず、実行もできず、名声のみを得ている。これは名声泥棒というものだ」

と平素言い、小林のほうも、

「河井は天下の大曲者《おおくせもの》である。君寵をたのんでおのれひとり合点の説をたて、しんこ細工でもひねるように政道を自由にまげようとするやつ。あいつはいったいこの長岡藩をどこへもってゆこうとするのか」

と、そんなぐあいであり、ここ数年、両家のあいだで親戚づきあいも絶えている。（カッコ内、傍線引用者）

司馬はここで、河井と小林との関係を「瞬時といえどもたがいにゆるしたことがなく」と、やや誇張して表現している。物語り作家としての本質からすれば、サービス精神が旺盛なのである。かといって、この記述は事実に反しているわけではない。傍線を付した箇所、小林虎三郎が河井を批判したことばに「政道を自由にまげようとするやつ」云々とあるが、それは虎三郎が「戊辰刀隊戦没諸士の碣銘《けつめい》（石碑の銘文）」に書き記した「戊辰の変、我が藩の権臣《けんしん》迷錯して、妄《みだ》りに私意を張り、遂に敢えて王師に抗じ、城邑《じょうゆう》陥没し、社稷《しゃしょく》墟と為るに至る」（読み下し、振りガナは松本）をふまえている。現代語訳すれば――戊辰戦争のさい、わが藩の権力者は迷い誤って、かってに我意を張り、ついに王師に抗することになった。その結果、城下は攻め落とされ、藩国は廃墟になった、というところであろう。明らかに、戊辰戦争のとき藩の軍務総督となった河井の政治および戦争を批判している。

また、もう一つの傍線箇所である、河井継之助が小林を批判したことばに「書物のみにかじりついて時務も知らず、実行もできず」云々とあるが、これは「実行」をこととする陽明学徒の河井が「知」すなわち認識を第一義とした朱子学者の小林に対する批判である。

そうだとすれば、双方の批判はほぼ事実にもとづいており、誇張した表現ではあっても、間違った批判というわけではない。そこに、物語り作家司馬の力量があらわれている。

ただ、小林虎三郎が「書物のみにかじりついて時務も知ら」なかったかというと、そうではない。小林はペリー来航（一八五三年）の翌年、日米和親条約が結ばれたさい、師の佐久間象山のすすめに従って下田開港を批判し、横浜開港を建白して、「書生は政治に口を出すな」と藩主から疎まれ、帰国・閉門を命じられている。徳川幕府はたしかに下田開港を決定したが、五年後には横浜開港へと方針が変更されている。すこし長い目でみれば、小林虎三郎のほうが幕府より「時務を知」っていたことになる。

司馬さんと小林虎三郎

それに、小林虎三郎が「書物のみにかじりついて」いる「腐れ学者」であったか、というと、そうではない。軍務総督の河井継之助が戦死してしまい、長岡藩が戊辰戦争で敗れたあと、文武総督として敗戦国の長岡藩を復興させた実行家が小林虎三郎なのである。

わたしは二十代のころまで、革命的ロマン主義者ばかりを追い求め、当然河井継之助ファンであったが、そのみずからの精神的傾きを理性的に押しとどめるために、合理主義的リアリストの小林虎三郎の評伝を書いたのである。それが、わたしの四十代はじめの『われに万古の心あり——幕末（長岡）藩士・小林虎三郎』（単行本は新潮社、一九九二年五月刊）になった。

その単行本を司馬さんに送ると、短い礼状が六月五日の日付で届いた。

御著『われに万古の心あり』をお送り下さいまして、ありがとうございました。書評を見て、大変魅力的に思っていたところでありました。右、うれしく。

『われに万古の心あり』は、小林虎三郎という人物の評伝・伝記としては、略伝を別とすれば、初めてのものであった。だいいち、虎三郎の著述や詩はほとんど漢文・漢詩であり、読み下しもむずかしい。それゆえ、かれの生涯や思想については、ほとんど手付かずのまま放置されていたのである。

唯一、山本有三が戦中、長岡の出身者から知識を与えられて、『米百俵』という戯曲に仕立てた。これは戦後、新国劇によって何度か芝居にされてもいる。

わたしの『われに万古の心あり』が出てからしばらくして、島宏という映画監督から電話がかかってきた。小林虎三郎の生涯と『米百俵』のエピソードを一つにしてVシネマをつくりたい、主演は中村嘉葎雄だが、許可をもらいたい、というのである。

そうしてつくられたのが、『天命』というVシネマの作品だった。山本有三の遺族に原作料は払ったが、許可をもらったのがVシネマが出来上ってからだったので、『米百俵』の作品名は使えなかった。原作料としては松本さんに半分を支払うべきだが、そんな事情から山本有三の遺族に全額渡してしまったので、一晩、料亭で御馳走するからそれで勘弁してほしい、というのが、島監督の言い分だった。わたしとすれば、歴史上で埋もれた小林虎三郎の生涯と思想が明らかになればいいので、米百俵を原資として学校を建て敗戦国の長岡藩を再興した物語りは山本有三にオリジナリティがあるから、それで構わない、と了承したのである。

このVシネマについては、司馬遼太郎にまつわる後日譚がある。司馬さんが亡くなって三年ほどして、日本テレビの「知ってるつもり?!」という番組が司馬遼太郎追悼特集を組んだ。その追悼鼎談の出席者は、映画監督の篠田正浩さん——そのころ、司馬原作の『梟の城』（一九九九年）を撮っていた——、首相になるまえの小泉純一郎さん——首相の所信表明演説で「米百俵」のエピソードにふれる二年ちかくまえ——、それにわたしだった。

鼎談番組が終わったあと、小泉さんがわたしに話しかけてきた。「松本さん、『米百俵』の小林虎三郎って、知ってる？　米百俵で学校を建てた長岡藩士だけど……」と。

何も虎三郎の初めての評伝を書いたわたしにそんな質問はないだろう、とおもいながら、「知ってますよ」と答えた。そのあまりの素気なさに気分を害したのか、小泉さんは番組の美人アシスタントに向って、小林虎三郎の話をくわしく始めたのだった。聞くともなく聞いていると、その内容はVシネマの『天命』によるものだった。

象山塾の「二虎」

そういった後日譚はともかく、わたしがなぜここで小林虎三郎のことにこだわっているのか、というと、長岡藩における虎三郎のライバルは陽明学徒の河井継之助だったが、虎三郎が江戸で学んだ佐久間象山の塾でのライバルが長州藩の陽明学徒、吉田松陰だったからである。虎三郎と松陰（寅次郎）とは、その名から、象山塾の「二虎」とよばれた。

吉田松陰が象山塾に入門したとき、二歳上の虎三郎はすでにその塾頭になっていた。蘭学については、師の象山の代講さえつとめていた。

のち松陰は、下田踏海（密航）事件で萩の野山獄に投じられたとき、「象山平先生に与ふる書」（安政二＝一八五五年）を書いた。その冒頭で、わざわざ虎三郎との関係にふれていた。

> 矩方《のりかた》（松陰の名）の先生に見《まみ》えしとき、小林虎三（郎）、実に矩方の為めに謁《えつ》を行ひき。虎三点花（天然痘の痕）面《かお》に満ちて矩方と相類し、年歯《ねんし》も矩方と相斉《ひと》しく、而《しか》して名称又矩方と偶々《たまたま》同じ。但《た》だ虎三は才華にして、矩方は則《すなわ》ち才粗なり。是《こ》れを異なれりと為すのみ。之《こ》れを終《お》ふるに虎三は先生に因《よ》りて罪を獲、而して矩方は則ち罪を以て先生を累《わずら》はす。（カッコ内、振りガナ引用者）

松陰の文章には、かれの性格の優しさやナイーブさが透いて見える。それゆえ、そのまま読んでもらうのが一番いいが、あえて現代語訳しておこう。――わたし（松陰）が象山先生に初めて見《まみ》えたとき、虎三郎が紹介の労をとってくれた。虎三郎はかお一面に天然痘の痕のアバタがあり、わたしと同類。年齢もまた同じくらいで、その名もたまたま虎三郎と寅次郎で同じだった。ただ違いがあるとするなら、虎三郎は才能があふれるようにあり、わたしはまことに乏しいことだったろう。その結果として、虎三郎は象山先生との関わり（横浜開港の建白）で罪をこうむり、わたしのほうはその罪（下田踏海事件）で先生を累わせたのだった、と。

『孟子』離婁《りろう》篇をめぐって

吉田松陰が象山に入門するため塾をたずねたとき、虎三郎はすでに塾に住みこんでいた。嘉永四年（一八五一）、虎三郎は数え二十四歳、松陰は数え二十二歳である。松陰はそのとき痩骨が衣をまとっているようで、髪は蓬《よもぎ》のごとくぼさぼさ、それにアバタ面である。ふつうなら紹介の労をとるどころか、おぞ気をふるうような姿である。もっとも、虎三郎のほうもアバタ面で、左眼が幼時の事故で失明、白濁しており、右眼のみがらんらんと光っている、といった有様だった。

気概だけは誰にも負けないという二人の青年が、外面にとらわれず、お互いの才能と資質を見抜いて、心をひらいていった。その経緯が、さきの松陰の「象山平先生に与ふる書」から読みとれるだろう。そして佐久間象山は、この「二虎」の資質のちがいを、明確に見抜いた。

小林虎三郎が亡くなって丸十六年たったときに書かれた、外甥小金井権三郎の「小林寒翠《かんすい》（虎三郎の別号）翁略伝」（『求志洞遺稿』所収）には、佐久間象山がつねづねこの「二虎」を評して言っていた言葉が、次のように書き留められている。

義卿《ぎけい》（松陰の別号）の胆略、炳文《へいぶん》（虎三郎の別号）の学識、皆稀世《きせい》の（世に稀な）才なり。但《ただし》事を天下に為す者は、吉田子なるべく、我子を依託して教育せしむべき者は、独り小林子なるのみ。（読み下し。カッコ内、振りガナ引用者）

つまり象山は、「二虎」のうち、吉田松陰についてはその「胆略」いいかえると気概をみとめ、虎三郎についてはその「学識」を認めていた、というのである。

そのうえで象山は、「事を天下に為す者」つまり回天（革命）の業をおこなうものこそ吉田松陰であり、「我子を依託して教育せしむべき者」こそ小林虎三郎である、といったのだ。

かつてわたしは、この象山の「二虎」評は二人の資質のちがいを見抜いて流石である、とおもう反面、虎三郎に対する「我子を依託して教育せしむべき者」という評は松陰に対する「事を天下に為す者」という評に較べて、若干軽いのではないか、という思いをいだいた。ところが、『孟子』を読んでいて、必ずしもそうではない、と気づいたのだった。

『孟子』は、体制の支配的イデオロギーとなる孔子の『論語』とちがって、その革命思想に特徴をもっている。それゆえ、明治天皇の侍講となった元田永孚《もとだながざね》――教育勅語の草案を書いた一人

——が御進講に使ったのは『論語』や孔子に関わる古典ばかりで、『孟子』をテキストに取り上げなかったのである。

『孟子』の革命思想については稿を改めるが、象山は弟子の「二虎」を評するのに、この『孟子』にある革命家と教育者、つまり「事を天下に為す者」と「我子を依託して教育せしむべき者」というカテゴリーを用いたのだ。我子に対する教育者は、孟子も説くようにきわめて難しい、重要な役割だ、と象山は考えていた。

『孟子』離婁《りろう》篇には、こうある。——弟子の公孫丑《こうそんちゅう》が孟子にたずねた。「昔から君子は自分で直接に子どもを教育しない、ということですが、なぜでしょうか」と。孟子の答えは、「それは自然のなりゆきとして、うまく行かないことが多いからだ。なぜなら、教える者としては、必ず正しい道理をきびしく教える。もし教えたとおりに行なわないと、すぐ怒りを発してしまう。そうなると、我子を善くするつもりで始めた教育が反対に子に対する愛情をそこねる結果になってしまう。子どものほうでも、すぐに怒る親の愛を疑うようになるだろう。そこで昔は、我子を他人の子と取り替えて教えたのだ」、と。

この『孟子』離婁篇のくだりを読んで初めて、わたしは象山が小林虎三郎のことを「我子を依託して教育せしむべき者」としたことの意味を理解したのである。じっさい、虎三郎の父、小林又兵衛は、象山にじぶんの子を教育してもらいたい、とたのみ、象山はまた虎三郎に、我子（恪二郎《かくじろう》）を預けて教育してもらおうと考えていたのである。

革命思想としての『孟子』

陽明学は、三島によれば「革命哲学」であるが、それ以上にロマン主義者を支える「行動哲学」である。そのことは、陽明学の徒である吉田松陰が革命家であるのに、同じ陽明学の徒である乃木希典が革命家ではないことを考え合わせれば、ただちに了解せられるであろう。乃木にとって陽明学は「行動哲学」ではあっても、「革命哲学」ではないのである。

吉田松陰の革命思想の中核は『孟子』によって形づくられた。このことは、松陰の主著が『講孟余話』であることを考えれば、およそ推測可能であろう。もちろん、松陰の革命思想が『孟子』によって形づくられた事実は、わたしが初めて指摘することではない。

文芸評論家の河上徹太郎は「知性の人」であるが、かれは『吉田松陰——武と儒による人間像』（一九六八年刊。現在は講談社文芸文庫）の中で、松陰の革命思想が『孟子』によって形成されている、いや、孟子への「心服」がほかでもない松陰の革命思想になった、と述べている。

……革命というものをかなり大胆に肯定する孟子を、（中略）忠を絶対とする勤王家の松陰が、殆《ほとん》ど矛盾を感ぜずに認めている、というよりも積極的に心服していることをどう解釈するか？　これは『講孟余話』の中心的問題であり、のみならず松陰の思想の根本をなすものであるが……

再び指摘することだが、孔子の思想は体制の支配的イデオロギーとなったが、その弟子の孟子は「革命というものをかなり大胆に肯定」した。これはなぜか、というと、――孟子の理想は王道政治である。王道政治とは、天子が「仁義の道」を守ることによって行なわれる。では、「仁義の道」とは、何か。『孟子』に、こうある。

孟子曰《いわ》く、民を貴《たっと》しとなし、社稷《しゃしょく》之《これ》に次ぎ、君を軽《かろ》しとなす。是《こ》の故に丘民《きゅうみん》(衆民)に得られて天子となり……

――孟子がいうのに、民が何よりも貴く、国家(体制)がこれに次ぎ、君主がもっとも軽い。それゆえに、多くの人民から信任をうけられれば天子になることができるのだ、と。
孟子の思想の核心は、これである。翻っていうと、そのような「仁義の道」を守れない天子は天子ではない。ここに、孟子の革命思想があらわれる。そういった革命思想は、孔子にはない。
河上徹太郎は『吉田松陰――武と儒による人間像』で、このような孟子の革命思想に、次のように切り込んでゆく。

孟子の革命観の中心は、左の梁恵王《りょうけいおう》下篇第八章にズバリと明言されている。夏《か》の桀《けつ》王は暴君なので殷《いん》の湯《とう》王に追放され、同じように殷の紂《ちゅう》王は周の武王に討伐された。これがいわゆる殷周革命だが、この事実を斉《せい》の宣王がそんなことがあったのかと孟子に聞いたら、孟子は伝にそれがあると答えた。そこで王が「臣にして君を弑《あや》めることが許されるのか、」と問うと、孟子は答える。

仁ヲ賊《そこな》フ者ハコレヲ賊《ぞく》トイヒ、義ヲ賊《そこな》フ者ハコレヲ残《ざん》トイヒ、残賊ノ人ハコレヲ一夫《いっぷ》トイフ。一夫ノ紂《ちゅう》ヲ誅《こらし》メタリト聞クモ、未《いま》ダ君ヲ弑《あや》メタリトハ聞カズ。

つまり桀や紂は仁義の道が守れないのだから、天子の資格はなく、いきなり一介の匹夫に墜《おと》しめられる。そして一夫を討ったという話は聞いているが、君をあやめたとは聞いていない、といっているのである。（振りガナ引用者）

ここで河上が紹介している『孟子』の革命論は、すでにふれたように、「仁義の道」が守れない天子は天子でなく、たんなる「一夫」にすぎない。だからこれを討つことも可だ、という放伐論である。

河上はこのように孟子の「放伐」革命論を紹介し、そういう孟子の革命思想に松陰が同化し、「心服」していったのだ、という。たとえば孟子は、王に過ちがあれば諫《いさ》め、諫めて聴かれなければその国を「去」るが、もし王の親戚筋なら、聴かれなければ「位を易《か》う、つまり王を追放する」とのべている。この孟子に対して松陰はどのように反応したか、と問うて、河上は次のように答えるのである。

「一夫の紂」即ち徳のない天子は弑《あや》めてもいいというのと同じ思想である。この危険思想に対し松陰はたじろがず、「殊《こと》ニ我ガ国今日ニアリテ論ズベキコトニハ非ザレドモ」と断り書をつけただけで、全面的に肯定するのである。「易《かう》ト去《さる》ト死《しす》ト此ノ三臣アラバ、国家亦《また》恃《たの》ムベシ」〔易は天子の位を替えること、去は諫《いさ》めて聴かれないのでその国を去ること、死は諫めて殺されること〕とまでいっている。そしてこの三臣を忌避するのは暗君で、明君はかような臣を養って後世に遺し、永《なが》く国家の鎮《しずめ》とする、というのである。（振りガナ引用者）

松陰は、孟子のいう「去」と「死」（諫死）と、「易」つまり天子の位を替える易姓革命とを肯定した。かれは孟子の革命思想に同化し、みずから革命家として自立したのである。

なお、孟子にはそのような革命思想があったから、明治天皇の侍講となった元田永孚はもっぱら孔子および『論語』の御進講をおこない、『孟子』についてふれることはなかった。「仁義の道」が守れない天子は天子ではなく、これを討つことも可だ、という「放伐」革命論は危険思想として、明治天皇に教えられることはなかったのである。

松陰と乃木は「相弟子」

陽明学の徒としての吉田松陰は、このように『孟子』を読みこみ、これに同化することによって革命家になった。しかし、同じく陽明学の徒としての乃木希典は、革命思想としての『孟子』

に感応したりはしない。

乃木の精神を形づくったのは、のちにふれるように、山鹿素行の『中朝事実』である。松陰が素行を知らなかったわけではない。第一、松陰が六歳のときその家を継いだ吉田家は、山鹿流兵学師範の家柄なのである。

司馬遼太郎は『殉死』の第一部『要塞』のなかで、乃木希典と吉田松陰はいわば「相弟子」だ、と書いている。


（乃木は）長州人のなかでも最も勢いのあった故吉田松陰門下閥の末席に系譜づけられている。松陰の師匠で叔父にあたる玉木文之進は、乃木家にとっても濃い縁族になる。希典は松陰の死の当時は十一歳でしかなかったが、その後十六歳で萩の玉木文之進の内弟子になったため松陰死後の相弟子《あいでし》といえるであろう。この明治の主動勢力のなかにおける筋目のよさは無類といっていい。（カッコ内引用者）


司馬は「明治の主動勢力」と書いている。これは、維新に先駆けた高杉晋作や久坂玄瑞や入江九一らが松陰の松下村塾出身であるのみならず、長州の木戸孝允《たかよし》（桂小五郎）、前原一誠、伊藤博文、品川弥二郎、野村靖（和作。入江九一の弟）、山縣有朋（狂介）らがみな松下村塾出身で、維新政府の中枢を担なっていたからである。乃木はたしかにその系譜につらなるのである。

乃木にとっては陽明学の伝統と、陽明学徒である山鹿素行の学問とが重なっている。司馬はそれを、「陽明風《ふう》山鹿学派」という不思議な言葉で書いている。

乃木希典のこの道統は、かれの縁族である吉田松陰と玉木文之進から出ているという意味で、長州における陽明風《ふう》山鹿学派のもっとも正統な系譜を継いでいるであろう。松陰のばあいは、かれの憂国のおもいのきわめるところ、海外に渡航する以外にないとしたときその行動が飛躍し、一舟を駆《か》ってペリーの艦隊に接近し、それがために幕吏に捕縛され、刑死した。松陰の刑死後、希典は松陰の叔父であり師匠であった玉木文之進のもとにあずけられ、唯一の住みこみ弟子として薫育《くんいく》されている。（傍点引用者）

司馬がここで書いている末尾の部分は、すでにふれたように乃木が松陰と「相弟子」であるという意味である。しかし、引用の中段部分は、松陰の下田踏海（密航）事件がかれの「憂国のおもいのきわめるところ」であり、いってみれば陽明学の「行動哲学」を「きわめ」たところにほかならない、ということである。

たしかに、松陰の辞世の歌である、

身はたとひ武蔵の野辺に朽《くち》ぬとも留《とど》め置《おか》まし大和魂

や、『孟子』から「至誠にして動かざる者は未《いま》だ之《こ》れ有らざるなり」を引いた『留魂録《りゅうこんろく》』には、

「行動哲学」としての陽明学が脈搏《う》っている。

かくすればかくなるものと知りながら
やむにやまれぬ大和魂

なども、松陰の陽明学つまり「行動哲学」を余すところなく伝えているだろう。

しかし、司馬が右の文章の冒頭ちかくに、乃木希典の「道統」として書いている「陽明風《ふう》山鹿学派」とは、何だろう。松陰が山鹿流兵学の家を継ぎ、嘉永三年（一八五〇）に九州平戸に旅したとき、山鹿素行の流れをひく山鹿万介（平戸藩儒）に会い、陽明学者の葉山佐内（平戸藩士）から王陽明の『伝習録』を借り出し、またその後長崎で大塩平八郎の『洗心洞箚記《さっき》』を読んでいることは、事実である。とはいっても、松陰を「陽明風山鹿学派」とよぶのはあまり適切ではない。それはやはり、乃木希典にのみ該当する評なのである。

なぜか、といえば、乃木希典の精神を形づくっているのは、吉田松陰のような『孟子』ではなく、山鹿素行の『中朝事実』だったからである。

山鹿素行の『中朝事実』

素行の『中朝事実』は、『孟子』の「民を貴しとなし、社稷之に次ぎ、君を軽しとなす。是の故に丘民（衆民）に得られて天子となり……」に依拠しつつ、これを大きく逸脱している。いや、それは孟子の革命思想を斥けたもの、といっていい。

江戸初期の兵学者、山鹿素行（一六二二―八五年）は、その主著『中朝事実』に、こう書いている（後の記述との関係で、便宜的に、司馬の『腹を切ること』から引用する）。

それ、天下の本は国家にあり、国家の本は民にあり、民の本は君にあり。

『中朝事実』のこの条りは、山鹿素行の思想の中核になっている。そのうち、「天下の本は国家（＝社稷）にあり、国家（＝社稷）の本は民にあり」という部分は、『孟子』の「民を貴しとなし、社稷之に次ぎ……」とほとんど同じ思想とみることができる。

ところが、その末尾部分の「民の本は君にあり」という思想は、『孟子』のそれとまったく逆である。『孟子』にあっては右のあとが「君を軽しとなす。是の故に丘民（衆民）に得られて天子となり……」とつづいていた。しかし、『中朝事実』では「民の本は君にあり」というように、民の上、すなわち最高位に置かれるのは「君」なのである。つまりこれは、忠君思想である。国家の本は民にあり、といいながら、その民の本、いいかえると民がいちばん重んじ守るべきものが「君」とされるのである。

かつて陽明学徒としての吉田松陰は、『孟子』の革命思想に同化することによって革命家となった。しかし、松陰の「相弟子」としての乃木希典は、山鹿素行の『中朝事実』の忠君思想に同化することによって、忠臣になった。極言すれば、絶対君主としての天皇に殉じてゆく者となった。

そう考えれば、明治天皇が没したとき、乃木が殉死していったのも自然の理だった。乃木の眼中に国家（＝社稷）はなかった。「君」のみがあった。「君」とは、乃木にとって明治天皇だけであった。

明治天皇が没したのは、明治四十五年（一九一二）七月三十日である。その大喪がおこなわれたのは、九月十三日である。その大喪の後に、乃木希典は殉死した。

殉死の前々日、九月十一日に乃木は皇孫殿下、のちの昭和天皇に拝謁した。乃木はこのとき学習院院長であり、皇孫殿下は教え子である。乃木はのちの昭和天皇と弟君たち三皇子に向かって、風呂敷包みのなかから『中朝事実』をとりだし、その内容を講義した。その場面を、司馬は『腹を切ること』において、次のように描く。

「この書物は、『中朝事実』と申しまする」

といった。希典が手写したものであり、さらにかれ自身の手でところどころに朱註を入れてあった。

「むかし、山鹿素行先生と申されるひとが」

と、この書物の由来とその著者についての概要を説明した。その説明だけで五十分以上の時間を要した。さらにかれらが気づいたときは、希典はこの書物のところどころを読みあげ、その内容について講義をしはじめていることであった。

乃木とすれば、このとき『中朝事実』について説明しつつ、わが日本における帝王の心構えを、十二歳の昭和天皇に説いておこうとしたのである。弟君たちは幼いため、何が何だか分からず、外に駆け出していってしまった。

大喪の礼が終わったあとでの殉死を心に決めている乃木は、「民の本は君（天皇）にあり」というみずからの忠君思想をのべつつ、これに応えるべき帝王としての心構えをぜひ最後に説いておきたかったのである。殉死をまえにした乃木の『中朝事実』についての講義の場面を、司馬は次のように書いている。

「この『中朝事実』は」

と、希典は卓上のものを両掌でさし示しつつ、あるいは殿下にとって訓読《よみ》がまだごむりかと存じまするが、ゆくゆく御成人あそばされ、文字に明るくおなり遊ばしたあかつきにはかならずお読みくださいますよう、このように手写し、献上つかまつる次第でござりまする、と希典はいった。

希典の講述はおわった。このとき皇儲《こうちょ》（皇位を継承する天皇の子ども）の少年は、不審げに首をかしげた。

「院長閣下は」

といった。かれは乃木とよばずこのような敬称をつけてよぶようにその祖父の帝（明治天皇）の指示で教えられていた。

「あなたは、どこかへ、行ってしまうのか」

少年はそう質問せざるをえないほど、希典の様子に異様なものを感じたのであろう。（カッコ内引用者）

後年、中曾根康弘首相が昭和天皇に、司馬遼太郎の本には、乃木将軍がその死のまえに山鹿素行の『中朝事実』をお手渡しになったとあるのは本当でございますか、とたずねた。すると天皇は、「まあ、だいたい、あのとおりだ」と答えたそうである。天皇は司馬の『殉死』を読んでいたのである。

第八章　反思想と反イデオロギー

郎党としての山岡鉄舟

三島由紀夫は「革命哲学としての陽明学」のなかで、「陽明学的知的環境」は「乃木大将の死とともに終った」と書いている。しかし、その乃木希典に象徴される「知的環境」、極言すれば乃木に根づいていた精神としての陽明学は、「革命哲学」ではなかった。乃木にとって陽明学は「行動哲学」にすぎなかった。

乃木の精神に根を下ろしていたのは、革命思想としての陽明学ではなく、山鹿素行の『中朝事実』にあるような忠君思想である。もっといえば、乃木は国家に殉じてゆく近代のナショナリストではなく、絶対君主としての天皇に殉じてゆく忠臣、いわば殉死者であった。

このことは、乃木の忠君思想がイデオロギーではなく、ただひたすらに主君に仕えんとする精神であったことを意味する。中世の「郎党」に近い生きかたである。

乃木のこのような「郎党」精神は、三島由紀夫のどこを探しても、見出せない。三島は美に仕えようとした。美としての日本という思想に殉じようとした、といってもいい。

翻っていえば、乃木には『孟子』にのべられているような革命思想はいささかも影を落としていなかった。

明治天皇が『孟子』の革命思想を学んだことがなかった事実についてはすでにふれたが、そうだとすれば、この明治天皇と乃木希典との関係は、中世的な主従というべきものであった。それを司馬遼太郎は、鎌倉武士と郎党、という適確な比喩で語っている。

この鎌倉武士と郎党という比喩は、『腹を切ること』ではまず、明治天皇と山岡鉄舟との関係に祖型があるとして、次のように書かれていた。

> 明治帝は嘉永五年のうまれで、希典より三つ若い。帝は維新成立のときは十六歳であり、かつての天皇が公卿や女官たちの手で薫育されたのとはちがい、この帝にかぎっては帝王としての薫陶を武士から受けられた。それも維新の風雲をくぐってきた連中であり、ことに明治三年、西郷隆盛が、
> 「帝はよろしく英雄でおわしまさねばなりませぬ。英雄のお相手には当代第一の豪傑がよろしゅうございましょう」
> として旧幕臣山岡鉄舟を侍従（番長）にすすめてから、この帝の身辺はいよいよ武骨なものになった。（中略）
> 帝はこの鉄舟を好かれた。鉄舟も帝のために献身した。（傍点、カッコ内引用者）

西郷隆盛が旧幕臣の山岡鉄舟を「当代第一の豪傑」とよんでいるのは、司馬のフィクションで

はなく、西郷じしんの人物評価にもとづいている。

西郷隆盛と「幕末の三舟」

山岡鉄舟（鉄太郎）は無刀流の剣の達人であり、浪士組（のちの新撰組）の取締り役の幕臣だった。鉄舟は戊辰戦争のはじめ、東征軍大総督府の参謀となって江戸城の総攻撃と徳川慶喜の首をとることを決意していた駿府（静岡）の西郷隆盛のまえに、単身で乗りこんだ。そして、勝海舟の指令のもと、江戸城の無血開城と引き換えに徳川慶喜の助命を申し入れるのである。

なお、この時点では、山岡鉄太郎はまだ鉄舟の号を名のっていない。江戸の無血開城に努めた勝海舟（麟太郎）の号になぞらえてみずから「鉄舟」と名のり、鉄舟の義兄、高橋精一が明治十六年から「泥舟」と名のったため、三人合わせて「幕末の三舟」とよばれるようになったのである。高橋精一は海舟から西郷隆盛への使者を要請されて、じぶんは慶喜の護身役（＝監視役）となっているから無理だが……と、代りに山岡を推せんしたのだった。

後年、西郷はこの山岡鉄舟のことを思い浮かべながら、かつての「賊軍」の庄内藩士に次のように語っていた（『西郷南洲遺訓』、岩波文庫版）。

命もいらず、名もいらず、官位も金もいらぬ人は、仕末《しまつ》に困るもの也《なり》。此《こ》の仕末に困る人ならでは、艱難《かんなん》を共にして国家の大業は成し得られぬなり。去《さ》れ共《ども》、个様《かよう》の人は、凡俗の眼には

見得られぬぞ……（振りガナ引用者）

西郷はこの「命もいらず、名もいらず、官位も金もいらぬ」人を豪傑とよび、このような人にしか「国家の大業は成し得られぬ」と考えたのである。なお、右の言葉のあとで、西郷は『孟子』の言葉を引いている。西郷は陽明学徒であるとともに、『孟子』の愛読者でもあったことが、これによって分かる。

それはともかく、この「命もいらず、名もいらず、官位も金もいらぬ人」、という言葉で、西郷は敵である官軍のなかを歩んできた山岡鉄舟のことを思い浮かべていた。そのことは、江戸無血開城の目的で鉄舟を西郷のもとに派遣した勝海舟の次のような回想をよめば、一目瞭然となるだろう。『鉄舟随感録』に収められた海舟の「評論」に、こうある。

西郷が曾《かつ》て己《お》れに云うた事があるよ。山岡と云う人は、自分の心中に固《もと》より敵味方の思《おもい》はあるまいが、又あれでは敵も味方も始末に困るものだ。あの人が駿府の陣営に、突然飛び込んで来きましたから、あの敵軍の中を、江戸から爰《ここ》まで何《ど》うして来たと、尋ぬると、矢張り歩んで来たと云うので、夫《そ》れは無論だろうが、敵は見当たらなかったかと問うと、往々多勢の兵隊が行列などをして中々立派に見えましたと、平気なもので練兵でも見た気になって居りました。あんな命も金も名もいらぬ人間は始末に困る。
併《しか》し此の始末に困る人ならでは共に天下の大事を語る訳にもまいりませぬ。あの人は中々腑《ふ》

の脱《ぬ》けた所があると西郷は云うたよ。（傍点、振りガナ引用者）

「腑の脱けた」とは、ここでは「命も金も名もいらぬ」人間という意味で、常識外れの人間といってもいい。それを、西郷は「豪傑」とよんだのである。そして、その豪傑としての山岡鉄舟を、西郷は「英雄」たるべき明治天皇の「お相手」として侍従番長（のちの侍従武官）に推せんしたわけだ。

明治天皇の郎党としての乃木

かつて徳川幕府に勤王派幕臣として仕えていた山岡鉄舟は、明治になってから天皇に仕える侍従番長となった。いや、天皇の「郎党」となった。

天皇の郎党となった山岡鉄舟の忠勤ぶりと天皇の鉄舟への信頼とを示すために、司馬は宮城炎上（明治六年）のさいの有名なエピソードを引いて物語っている。

帝はこの鉄舟を好かれた。鉄舟も帝のために献身した。明治六年、宮城が炎上したとき、鉄舟は淀橋の屋敷で変をきき、寝巻に袴をつけて、宙を飛ぶようにして宮殿にかけつけたが、御寝所の錠がかかっていた。鉄舟がこぶしをあげてその大杉戸を打ちくだき、こぶしから血を流しつつとびこんで帝をたすけた。帝はこのときのことを思いだすごとに驚きを新鮮にし、「鉄舟は飛行術でも心得ているのか。とにかくあのときなぜあのように早く来れたのか、いまもってわからない」としばしば言われた。鉄舟への帝の信頼感と愛情はいよいよ深くなり、御座所には鉄舟の佩用《はいよう》の刀をおかれ、

――鉄太郎（鉄舟）不在といえども、あの男の気魂《きこん》がわしを護っている。

と、この趣向を興《きょう》じられたという。

これは、「当代第一の豪傑」鉄舟と明治天皇の君臣一体のさまを示すエピソードであるが、天皇より十六歳上の鉄舟は、明治二十一年、数え五十三歳で没した。このため天皇は、その死をふかく悼んだ。

司馬は山岡鉄舟が明治天皇にとって、いわば鎌倉武士における「郎党」であったことを、次のように書いている。

帝にとって鉄舟がかけがえがないというのは、鉄舟が帝にとって郎党であることであった。資本主義体制下の立憲君主国の君主である帝は、近代憲法上の法制的存在であり、自然人としての人間である部分をすくなく生きている。帝がひきいている者は臣僚であり、官僚として存在し、かれらもまた法制的存在であり、帝の前に出たときは自然人ではない。かれらに対して帝は家来であるという人間的親密さをもつことができないのである。中世のころ、草ぶかい関東の野で鎌倉武士たちが連れてあるいたあの郎等・郎従・家ノ子といわれる存在にちかいもの

が山岡鉄舟であり、それであればこそ、帝は鎌倉武士がその郎党を愛したように鉄舟を愛した。（傍点引用者）

鉄舟は徳川幕府の遺臣であり、忠誠心の対象である主君を失なっていた。しかし、かれは勤王派であることによって、明治天皇という新たに殉ずべき君主を見出していた。しかし、その君主と忠臣との関係は、「近代憲法上の法制的存在」である「立憲君主」と「臣僚」ではなかった。鎌倉武士が「連れてあるいた」郎党という存在にちかい、というのである。

この司馬の観察は、大方の政治学者の鉄舟観を超えていて、見事というしかない。――山岡鉄舟は近代国家の官僚からは遠く、かれが殉ずべき対象は近代国家ではなく、かれを「連れてあるいた」鎌倉武士とでもいうべき天皇だった、というわけだ（政治学者のなかでは、「乃木伝説の思想」を書いた橋川文三のみがこれに近い乃木観を描いた）。

そして司馬は、――そうであればこそ、「帝は鎌倉武士がその郎党を愛したように鉄舟を愛した」、というのである。

司馬は鉄舟の精神のなかに、近代ナショナリズムの思想も、中世的な忠君思想というイデオロギーも見ていない。そうではなく、山岡鉄舟という主君のために死ぬ古武士の精神を好ましくおもったのである。

司馬は、この山岡鉄舟観につづけて、乃木希典と天皇との関係を次のように書く。

——乃木はそれに似ている。

と、帝は鉄舟の死後、そのような思いで希典という男を見、その思いが年とともに帝において深まったのではあるまいか。乃木希典には鉄舟の印象にみるような禅的明朗さがなく、鉄舟ほどの天性の叡智《えいち》がなく、鉄舟のような剣の悟達者ではなく、鉄舟のようにその存在に偉風を感じさせる肉体条件ももっていない。ひとつ共通しているのは武士らしさであり、古格な武士の規範のなかで生死しようとしている点であろう。（中略）希典の成熟時代は鉄舟のころよりも国家も皇室もはるかに整備され、帝の存在はいよいよ象徴化されていたが、乃木希典という性格はそういう法制や法制的組織をたとえ頭脳で理解できても、かれの過剰な、異様なほどにつよい従者としての情念はそれらに対して無感覚であり、かれが帝をおもうときはつねに帝と自分であり、そういう肉体的情景のなかでしか帝のことをおもえなかった。希典は、つねに帝の郎党として存在していた。

帝も、それを感じた。

——乃木はちょっとおかしい。

とも、この聡明な帝はおもったであろう。

乃木は、天皇のいわば「郎党」であった山岡鉄舟に似ている。しかし、その「禅的明朗さ」においても——乃木は鉄舟と同じく、明治を代表する禅僧の中原南天棒のもとにも参禅していたが——、「天性の叡智」においても、武道の「悟達」においても、何をとっても鉄舟に及ばなかった。古武士的な印象においてのみ、近いところがあった。

ただ、乃木は「帝の郎党として存在」しようとする意識において、山岡鉄舟の後継者であったかもしれない。司馬はしかし、それさえも「一種の錯覚」であった、と『腹を切ること』に書いている。これは「軍神」乃木に対してちょっとひどい言いかたではないか、とおもわれるかもしれない。だが、必ずしもそうではない。

明治天皇は日露戦争の旅順攻略戦で多くの死者を出しつづけ、なおも旅順を陥落させることができなかった第三軍司令官の乃木に対して、すでにふれたように、

乃木も、アー人を殺しては、どもならぬ。


といっていたからである。

いずれにしても、司馬は乃木希典を、陽明学という思想においても、忠君思想のイデオロギーにおいても、評価していない。せいぜい本人の意識（＝錯覚）における「郎党」として評価していたにすぎない。

思想は虚構であるか

しかし、イデオロギーのみか思想も信じない、と司馬はいうのであろうか。たしかに、かれは

三島の死にふれた激烈な批評文「異常な三島事件に接して」において、思想というものに対してやや異常ともいえる否定の思いをのべていた。

すでに、その一部は引用ずみであるが、司馬が思想というものに対してどのような観念をいだいているか、そしてそれが三島由紀夫の事件に触発された異様な思いであるのかどうかを確かめるため、「異常な三島事件に接して」から、当該する全文を引用しておく。

> 思想というものは、本来、大虚構であることをわれわれは知るべきである。思想は思想自体として存在し、思想自体にして高度の論理的結晶化を遂げるところに思想の栄光があり、現実とはなんのかかわりもなく、現実とかかわりがないというところに繰りかえしていう思想の栄光がある。（傍点引用者）

司馬はここで、思想というものは「本来、大虚構である」と、きわめて大胆なことをいっている。なるほど、思想は実在するモノではない。また、そのモノにあらわれている合理の精神でもない。モノが実在するかぎり、そこにはモノを実在させるに足る論理（しくみ）があるだろう。にもかかわらず、思想は実在するモノではない。

そうだとすれば、思想は人間の想像力が組み立てた虚構である、といえば、そうもいえるだろう。「思想自体にして高度の論理的結晶化を遂げるところに思想の栄光があ」る、と司馬のようにいえば、そのとおりにちがいない。これを、ふつう、思想の自律性とよぶ。翻っていえば、自律性をもたない思想は思想ではなく、情緒あるいは情緒的感想にすぎない。

だが、その自律性をもった思想は必ずや、外界に働きかけをおこなうだろう。思想がもつ社会性とよばれる現象が、これである。虚構である思想が外界、つまり他者に影響を及ぼすのは、このためである。思想は自律性とともに、この社会性をもつのである。そうでなければ、わたしなどが関心をもつ思想史などという学問は成り立たないのである。

司馬は右の引用のあとに、

思想は現実と結合すべきだというふしぎな考え方がつねにあり、とくに政治思想においてそれが濃厚であり、たとえば吉田松陰がそれであった。


とのべている。この、「思想は現実と結合すべきだというふしぎな考え方」とは、ほかでもない、「知行合一」をめざす陽明学のことである。ここに、陽明学の「行動哲学」たるゆえんがあった。

たとえそうだとしても、この「思想は現実と結合すべきだというふしぎな考え方」を司馬のように思想一般に対して適用するのは、やや異常なことなのではないだろうか。その異常さは、三島事件の異常さに触発された司馬遼太郎の異様な熱気なのではないか。

吉田松陰と高杉晋作

思想というものは「本来、大虚構である」という考えは、しかし、三島事件の異常さに触発された司馬遼太郎の「異様な熱気」ではなかった。

たとえば司馬は、吉田松陰と高杉晋作の師弟の生涯を描いた『世に棲む日日』（『週刊朝日』連載、一九六九年二月〜翌七〇年十二月。次の引用部分は三島事件より一年近くまえ）において、「思想家」としての松陰と「現実家」としての晋作とを比較しながら、次のように書いていた。

> 晋作は、思想家ではない。
>
> 思想とは本来、人間が考えだした最大の虚構――大うそ――であろう。松陰は思想家であった。かれはかれ自身の頭から、蚕《かいこ》が糸をはきだすように日本国家論という奇妙な虚構をつくりだし、その虚構を論理化し、それを結晶体のようにきらきらと完成させ、かれ自身もその「虚構」のために死に、死ぬことによって自分自身の虚構を後世にむかって実在化させた。これほどの思想家は、日本歴史のなかで二人といない。
>
> 晋作は、現実家であるらしい。（傍点引用者）

ここで司馬がのべている思想＝大虚構という考えは、かれが「異常な三島事件に接して」でのべていたものと、ほぼ全く同じ内容である。そうだとすれば、その思想＝大虚構という考えと、その思想家の代表というか典型が松陰であるという規定は、たんに三島事件の異常さに触発されたものではなく、司馬の一貫した考えによるものだった。

なお、司馬は右の傍点部分で、松陰がじぶんの頭のなかでつくりだした虚構を「日本国家論」と名づけている。これは正確を期していえば、「日本国体論」であろう。松陰はその独創的な国体論を『講孟余話』（安政三＝一八五六年）のなかで、次のように展開したのである。

漢土《かんど》には人民ありて、然《しか》る後に天子あり。皇国には神聖ありて、然る後に蒼生《そうせい》あり。国体固《もと》より異なり、君臣何ぞ同じからん。（振りガナ引用者）

漢土とは、いうまでもなく中国のことであるが、松陰の当時にあっては中国とは文明の中心、つまり外の世界全体と置き換えてよい。そのため、外の世界全体と日本とを分かつものは、日本独自の原理である「天皇＝国体」である。人民のなかから権力闘争（選挙をふくむ）によって、王とか皇帝とかが生みだされる外の世界とちがい、わが日本には初めに「神聖（＝天皇）」があり、そののちに「蒼生（＝人民）」が生みだされる。ここに、日本独自の「国体」がある、と松陰はいわば独創したのである。

松陰が独創したのは、かくのごとく「日本国体論」であって、「日本国家論」ではない。しかし、「日本国家論」という言葉をつかった司馬の深層心理を慮《おもんぱか》れば、かれは国体という用語を絶対につかいたくなかったのだろう。かれは「『明治』という国家」を昭和時代に「鬼胎」たらしめたものこそ、その万世一系（＝「神聖」）の天皇という国体論であると考え、松陰が独創した国体論というイデオロギーをひどく嫌ったのである。

司馬遼太郎はしかし、たんにイデオロギーを嫌ったのではなく、思想そのものに拒絶反応を示していた。そうだとすれば、かれが、一九七〇年代に北一輝の思想（正確には革命思想）にこだわりその革命的ロマン主義に惹かれていたわたしのことを敬遠していた理由も、おのずから明らかになる。

司馬はロマン主義精神と対極にあるリアリズム精神を好んだ。そうして、「思想家」としての松陰ではなく、「現実家」としての高杉晋作のほうを圧倒的に好んだのである。『世に棲む日日』の続きの部分に、こうある。

思想というのは要するに論理化された夢想または空想であり、本来はまぼろしである。それを信じ、それをかつぎ、そのまぼろしを実現しようという狂信狂態の徒（信徒もまた、思想的体質者であろう）が出てはじめて虹《にじ》のようなあざやかさを示す。思想が思想になるにはそれを神体のようにかつぎあげてわめきまわる物狂いの徒が必要なのであり、松陰の弟子では久坂玄瑞がそういう体質をもっていた。要は、体質なのである。松陰が「久坂こそ自分の後継者」とおもっていたのはその体質を見ぬいたからであろう。思想を受容する者は、狂信しなければ思想をうけとめることはできない。

が、高杉晋作という人物のおかしさは、かれが狂信徒の体質をまるでもっていなかったことである。このことは、松陰の炯眼《けいがん》がすでに見抜いていた。（傍点引用者）

司馬はここで、思想とは結局のところ「まぼろし」であり、「論理化された夢想または空想」だ、という。それゆえ、その「まぼろし」を信じる狂気の者が出ることによって、「はじめて虹のようなあざやかさ」を示すことが出来る、というのである。

むろん、その狂気の者は、思想を吐き出した本人でもよいし、その思想的共鳴者や弟子の「物狂いの徒」＝「狂信徒」でもよい。とにかく、思想を思想たらしめるのは「狂」だ、というのである。

革命思想の「狂」

思想を思想たらしめるのが「狂」だ、ということを、司馬はくどいほどに語っていた。そして、その代表的「思想家」が吉田松陰なのである。そうだとすれば、司馬が嫌ったのは、松陰を「思想家」たらしめている「狂」にほかならなかった。

松陰の国体論からすれば、長州藩主の毛利家も「幕府の大名」ではなく、「天皇の直臣《じきしん》」になる。こういう松陰の国体論に対して「堂々たる反論」をしたのが、長州藩の藩儒（藩校明倫館の館長）である山県太華だった。司馬はこの二人の論争にふれて、次のようにいう。

山県にいわせれば毛利家は武家で、武家の棟梁《とうりょう》である将軍に属し、その将軍から封地《ほうち》をもらっている。法制上からも実際も、天皇から封地をもらったことがないから、天皇の直臣であるはずがない、というものであり、法理論からみても現実認識論からみても、山県のほうが正しい。

司馬は、藩儒の山県太華のほうが「法理論」からも「現実認識論」からも、「正しい」という。しかしそれは、徳川の幕藩体制という支配体制とその支配的イデオロギー（儒学）に立脚してのことであり、ここにおいて吉田松陰の国体論は、当時とすれば革命思想となるのである。この国体論＝革命思想の創出においてこそ、松陰は独創的だった。

ところが、司馬は江戸官学の朱子学、というより『論語』に展開される孔子の支配的イデオロギーにやや肯定的であり、『孟子』の革命思想に心を寄せた松陰に否定的だった。すなわち、松陰を革命思想家と認めつつも、かれの思想それじたいに「狂」を見出して、次のようにいうのである。

が、松陰にすれば現実を語っているのではなく、思想という虚構を語っている。山県（太華）の意見がいかに正しくとも事実認識の合理精神からは革命はうまれないであろう。松陰は、山県に対して懸命に弁駁した。松陰は晩年、

「思想を維持する精神は、狂気でなければならない」

と、ついに思想の本質を悟るにいたった。思想という虚構は、正気のままでは単なる幻想であり、大うそにしかすぎないが、それを狂気によって維持するとき、はじめて世をうごかす実体になりうるということを、松陰は知ったらしい。（傍点引用者）

司馬は、松陰を革命思想家としては認めつつも、みずからは「事実認識の合理精神」のほうに心を寄せている。「事実認識の合理精神」とは、司馬じしんの「現実をあるがままに見よ」というリアリズム精神に合致するものだ。

そのリアリズム精神から見れば、「思想を維持する精神は、狂気でなければならない」という松陰の考えかたは、狂気の沙汰にしか映らない。革命的ロマン主義者は、リアリスト（司馬のいう「現実家」）から見れば、「世をうごか」そうとする「狂信者」なのである。

長年のあいだ、この革命的ロマン主義者を研究対象とし、みずからの精神にも近しいものと考えているわたしからすれば、司馬さん、「狂信者」というのは非道い言いかたですよ、と抗議したい気もちがないではない。百歩ゆずって、「美しいものを見ようとする」革命的ロマン主義が矯激に傾きやすい思想であることは認めるにしても、それに対立するリアリズムもまた同じく思想なのではないか、と。つまり、リアリズム精神は「現実をあるがままに見よ」と主張するがゆえに、現実をそのままで容認する支配的イデオロギーに転化しやすい弊をもっているのではないか、と抗議したくなるのである。

しかし、司馬遼太郎の畏るべきところは、リアリズム思想が現実を「あるがまま」に認識するがゆえに、支配的イデオロギーに近づきやすいことも知っていた点である。右の引用文には、「事実認識の合理精神からは革命はうまれないであろう」と明確に指摘されていたではないか。

司馬は、「事実認識の合理精神」つまりリアリズム精神を好んだ。しかし、それが革命を生まないことも知っていた。要は、思想的好みの問題なのである。それだから、わたしが北一輝や三島由紀夫や河井継之助や奥平謙輔らの革命的ロマン主義者にのみ思い入れているときには、洟《はな》も引っ掛けてくれなかったのである。

ところが、わたしがその革命的ロマン主義者の正確な把握のためには、その対極に位置する保守的リアリストの秋月悌次郎や小林虎三郎や斎藤隆夫や昭和天皇などを「畏るべき」と正当に評価することが必要だと考えるようになると、司馬さんはわたしに手紙をくれるようになったのである。

ちなみに、秋月悌次郎と萩の乱の奥平謙輔は政治的立場とすると対極にあり、二・二六事件の北一輝とそのときの昭和天皇とは敵対関係にあり、北越戊辰戦争の主戦派が河井継之助であり非戦派が小林虎三郎であった。その伝でいうと、三島由紀夫の最大の思想的批判者が司馬遼太郎であったわけだろう(ついでにいえば、わたしが著書において昭和天皇に「畏るべき」という形容詞をつけたこころも、そこにあった)。

「現実家」としての高杉晋作

吉田松陰がその晩年――といってもかれの生涯はたかだか三十年であるが――、「思想を維持する精神は、狂気でなければならない」と考えていたことは、たとえばかれが安政五年（一八五八）正月六日、一気に書き下ろした「狂夫の言」などを見れば、明らかに窺い知れるだろう。この「狂夫の言」は、天下の情勢にまるで対応しようとしない長州藩の姿勢を痛烈に批判した論文である。松陰はここで、松下村塾をあげての変革運動にのりだす意志を表明していた。

「狂夫の言」は、「天下の大患は、其《そ》の大患たる所以《ゆえん》を知らざるに在り」と書き出されており、その「大患」を熟知してこれが変革の「計」を図らん、というものであった。その末尾は、次のように締め括られている。

嗚呼《ああ》、今日の計、大略此《か》くの如し。然れども今日の患は、人未《いま》だ其の患たるを知らざれば、則ち吾が計を以《もっ》て暴と為し狂と為すも亦宜《むべ》なり。人以て暴と為し狂と為せども、而《しか》も吾れ猶《な》は言はざるべからざるものは、是《こ》れを舎《お》けば国家の亡《ぼう》立ちどころに至ること疑ひなければなり。然《しか》りと雖《いえど》も、今日の計と今日の患とは豈《あ》に是《か》くの如くにして止まんや。苟《いやし》くも是れすら且つ知らずんば、天下復た為すべきものなからん。噫《ああ》。（傍点、振りガナ一部引用者）

要するに、――「人」はわたしの変革の企てを、「暴と為し狂と為す」かもしれない。しかしそれでもなお、わたしが変革の「計」をいうのは、このことを為さなければ国家（わが藩国）は滅亡することになるからだ、というのである。

松陰はここで、みずからの革命思想が世の中の現実から見れば「狂」であることを知っている。しかし、その「狂」なくしては革命によって国家滅亡を救うことができない、というのである。

なお、ここで松陰が「人」はじぶんのことを「暴と為し狂と為し」ているという、その「人」の代表が高杉晋作（暢夫《ちょうふ》）だろう。晋作は、松陰のことを「狂」とよぶ――たしかに「僕蓋《けだ》し此の病《へい》あり」、と二月十二日付の「高杉暢夫に与ふ」に書いている――、しかし、この「狂」なくしてどうして国家に「忠義」を尽せようか、僕は「忠義」を尽くすが、高杉よ、君ら「諸友」は「功業」をなすつもりだろう、と松陰は別の手紙に書いて批判している。

司馬はその手紙をふまえながら、『世に棲む日日』に書いている。

「君らはだめだ、なぜならば思想に殉ずることができない。結局はこの世で手柄をするだけの男だ」

と、あるとき松陰は、絶望的な状況下でその門人たちを生涯に一度だけののしったが、おそらく松陰はとくに高杉をめざして言ったのであろう。

晋作は思想的体質でなく、直感力にすぐれた現実家なのである。現実家は思想家とちがい、現実を無理なく見る。思想家はつねに思想に酩酊していなければならないが、現実家はつねに

醒めている。というより思想というアルコールに酔えないたちなのである。（傍線引用者）

この条りをよめば、司馬が「現実家」と「思想家」という比喩で対比しているカテゴリーが、わたしのいうリアリストとロマンチストに対応していることがわかるだろう。傍線した箇所にある、「現実家」は「現実を無理なく見る」とは、リアリストの「現実をあるがままに見よ」という精神の構えにあたる。また「思想家」は思想に「酩酊してい」るとは、「美しいものを見ようとおもったら、目をつぶれ」というロマン主義精神の構えに相当している。

そうして司馬は、高杉晋作のような「現実家」は「アルコールに酔えないたちなのである」と書いている。思想は「アルコール」である、というのは、一寸言いすぎで、それならリアリズムという思想だってアルコールだろう。それはあるがままの現実に泥《なず》む、現実をすべて容認する、という酩酊状態をもたらすにちがいない。そうだとすれば、司馬のいう「思想」は、どちらかというと、イデオロギーにちかいのである。

ついでにいうと、思想というアルコールは、ロマン主義にせよリアリズムにせよ、人を元気にするが、飲みすぎるとアルコール・イズム（alcoholism）に陥いる。そのアルコール・イズムの訳語はアルコール主義ではなく、「アルコール中毒」なのである。そうだとすれば、革命的ロマン主義の「中毒」が「狂」に陥いるように、リアリズムの「中毒」は「現実ベッタリ」の立場を生むのだろう。

ともあれ、司馬遼太郎が「思想家」（＝国体論者）としての吉田松陰ではなく、「現実家」としての高杉晋作を好んだことが、『世に棲む日日』の記述から明らかになるのである。

『喜びの琴』という戯曲

文学や芸術を「思想上の理由」によって裁くことはできない。もうすこし正確にいうと、文学（芸術）を思想的・倫理的な基準によって評価することはできない。なぜなら、文学（芸術）は絶対的であるが、思想は相対的であるからだ。――これが、芸術至上主義者としての三島由紀夫の、芸術（文学）と思想の関係についての考えだった。

こういう三島の考えが全面的に表明されたのは、一九六三年に文学座のために書いた『喜びの琴』という戯曲が、文学座じしんによって上演拒否されたときのことだった。文学座は当時すでに、三島の代表的な戯曲『鹿鳴館』（一九五六年）――主演は杉村春子――を上演して成功をおさめており、三島は文学座の座付作者になっていた。

『喜びの琴』という戯曲は、『鹿鳴館』や『サド侯爵夫人』（一九六五年）、それに『わが友ヒットラー』（一九六八年）などに較べると、それほど出来のいい作品ではない。そのあらすじは、三島が「文学座の諸君への『公開状』」（一九六三年）で要約しているところによれば、次のようであった。

反共の信念に燃える若い警官が、その反共の信念を彼に吹き込んだ、もっとも信頼する上官であった巡査部長が、実は左翼政党の秘密党員であって、この物語の進行する未来の架空の時期に、その政党の過激派が策謀した列車転覆事件に一役買っていたのみか、自分自身も道具として利用されていたことを知り、悲嘆と絶望の底に落ち込むが、思想の絶対化を唯一のよりどころに生きてきた青年は、すべての思想が相対化される地点の孤独に耐えるために、ただ幻影の琴の音にすがりつくという話である。（傍点引用者）

この三島の要約の傍点部分からわかるように、『喜びの琴』という戯曲のもつテーマは、思想の絶対化と相対化である。三島じしんの思想からすれば、若い警官のもつ「反共の信念」は正しい。しかし、戯曲のテーマからいえば、思想は相対的である、それゆえに思想の相対化に直面した青年は虚無に陥らざるをえない、というわけだ。

谷川雁いわく「詩は滅んだ」

ところが、戯曲のテーマがそのようなものであるにもかかわらず、一九六〇年代当時やや左翼的な傾向をもっていた――容共的な思想傾向にあった――文学座は、この『喜びの琴』という戯曲を「思想上の理由」で、上演をとりやめた。これに対して三島は、芸術至上主義であるはずの劇団が「思想上の理由」で台本を拒否する、というのは「喜劇」でしかない、と批判したのである。

この三島の批判はそれなりに正当であって、山田宗睦が『危険な思想家』(一九六五年)で説いていたように、もし文学座が台本を拒否するのであれば、それは「芸術上の理由」によってなされるべきであった。

戯曲の上演を拒否された三島は、翌一九六四年、この台本を公表するが、これに次のような「前書――ムジナの弁」を付けた。――「安保闘争以後の思想界の再編成の機運、青年層の変革への絶望、いわゆる天下泰平ムードのやりきれなさ」のなかで、じぶんはただ一つのことをいおうとしたのだ。「イデオロギーは本質的に相対的なものだ」、そしてそれゆえに、絶対的な「芸術の存在理由があるのだ」、と。

ここには、三島が思想とイデオロギーを同一視している気配がある。そして、すでにふれたように、司馬遼太郎が思想とイデオロギーを同じものと見なしたのと、同様の問題性が孕まれている。

思想史家であるわたしにいわせれば、一つの言葉、一つの思想は、人間の精神を捉えることによって時代や社会を変えてゆく要素をもつが、イデオロギーは予め時代や社会を支配しようとする意志をもつ仮構にほかならない。一つの言葉や思想が人間の精神を捉え、時代や社会を変えてゆくのは、その一つの言葉のもつ美しさや思想の強さによって、である。

司馬遼太郎と同じ大正十二年生まれの詩人、谷川雁《がん》――三島由紀夫の一歳一ヵ月上――は、司馬が『竜馬がゆく』を書いて流行作家になったころ、そして三島が『春の雪』の連載をはじめたころ、詩を書くことを止めていた。それは、谷川がこのころ「詩が滅んだ」と考えていたからだった。谷川は一九六五年、鮎川信夫全詩集の書評に「詩がほろんだことを知らぬ人が多い」と書いている。

谷川は同文で、こうもいっていた。

この世界と数行のことばとが天秤にかけられてゆらゆらする可能性を前提にするわけにはいかなくなっているのである。

谷川はここで、この現実の世界の重みと、詩という数行の言葉（一つの言葉といってもいい）が天秤《てんびん》にかけられて、ゆらゆらする瞬間、その「瞬間の王」こそが詩である、といっていた。しかし、一九六五年当時、その、ゆらゆらする可能性が失なわれてしまった。その直覚が、かれに詩を書くことを止めさせ、そうして詩は滅んだ、といわしめたのである。

一つの言葉、一つの思想は、人間の精神を捉えることによって時代や社会を変えてゆく、というわたしの考えは、この谷川雁の詩に対する思い（そして断念）とつながっているのかもしれない。そうしておそらく、芸術至上主義者としての三島も、この谷川雁の詩に対する思いを共有していたとおもわれる（谷川は三島の自決に対しては、非常に冷淡な立場をとったけれども）。

全共闘との真剣勝負

三島由紀夫は、文学座が「思想上の理由」によって『喜びの琴』の上演を拒否したことを批判した。しかし、三島が絶対的な芸術（文学）を信じるのなら、芸術は芸術（美）それじたいとして人の精神を捉え、時代や社会を変えてゆく要素をもつのだから、何も政治的運動や社会的発言をする必要はないだろう、とも考えられる。

じっさい、司馬遼太郎は「異常な三島事件に接して」で、三島の思想を美に置き換えたうえで、「思想もしくは美は本来密室の中のものであ」って、それじたい「高度の論理的結晶化を遂げ」ればよく、その美の「純度を高め」ればよい、思想（＝美）はそれじたいの完結をめざせばよいのである、といっていた。つまり、思想（＝美）を時代や社会といった現実と結びつけようとするな、と。

ところが、面白いことに、三島は「全共闘」の学生からこれとまったく同じ趣旨のことばを、一九六九年五月十三日、東京大学教養学部９００番教室において投げつけられていた。それも、三島が日本の〈美の原理〉と考える天皇に関して。

全共闘H……今天皇が（中略）非現存であるからこそ、三島に言わせれば、至高としての、同時に至禁としての美が存在すると。そうではないかと思うのです。それなのに、なぜ三島が、いわば自衛隊に一日入隊なんかして、あるいは変な右翼のまねごとなんかするのか。三島が美を追う物書きであれば、美は美の中で完結するのだから、変な甘っちょろい、ぐだぐだした行動なんかしないで、そこにとじこもっておればいいのであって、三島がその美の中にとじこもらないで、行動に出てくる時、その天皇としての美が、実は共同幻想として、共同規範として、非常にみっともないものになってしまうと。その辺に三島の欠点があるのではないかとぼくは思うわけです。（傍点引用者）

この全共闘Hの発言は、『討論　三島由紀夫vs東大全共闘』（角川文庫）のなかでももっとも鋭い。「美は美の中で完結する」のであり「行動なんかしないで」いい、というのである。その趣旨は司馬遼太郎のさきの三島批判とまったく重なる。

ただ、全共闘Hの発言はそれを一歩進めて、三島が天皇を美として想定していることは、それじたいとして肯定している。つまり、天皇を美として想定することは芸術至上主義者の美の創造として認められる。しかし、それを「右翼のまねごと」のように「天皇陛下万歳！」などと行動することは「みっともない」、と批判するのである。

三島のレトリック

芸術至上主義を肯定しつつも、それを現実の政治的・社会的行動へと結びつけてゆくことへの全共闘Hの批判に対して、三島は次のように応えている。

三島　今のは、非常に勤皇の士の御言葉を伺って、私は非常にうれしい。（笑）あなたはあくまで天皇の美しいイメージをとっておきたいがために、私を書斎にとじこめておきたい。（笑）あなたの気持の奥底にあるものはそれだ。この尽忠愛国の志に尽きると思う。（笑）（傍点引用者）

三島はここで、笑いながらではあるが、全共闘Hを「勤皇の士」に仕立てあげている。そのレトリック（修辞法）は見事というしかないだろう。なぜならば、全共闘Hは三島が天皇を「美しいイメージ」で描きあげている（たとえば『英霊の声』）といっているだけで、Hじしんが「勤皇の」志をもっているとか、「尽忠愛国の志」をもっていると述べているわけではないからである。

そして、その三島のレトリックについてさすがに気づくものが、当時の全共闘学生のなかにはいた。右の三島の発言を受けて、全共闘Cと三島とが交わす討論は半ば喧嘩腰になりながら、まさに言葉の真剣勝負という感じがでていた。翻っていえば、三島を真剣にせしめたものが、次の全共闘Cの発言にほかならなかった。

全共闘C　まじめに話せよ、まじめに！

三島　君、まじめというのはこの中に入っているんだよ！　言葉というのはそういうものだ。この中にまじめが入っているんだ。わかるか！

全共闘C　わかるよ、そのやり方は。相手の文体を裏返すのはさ。そんなのみえすいていると言うんだよ。

このとき、全共闘Cは明らかに、三島が全共闘Hの芸術至上主義を肯定した発言を逆手にとって、かれを「勤皇の士」に仕立てたレトリックの妙技を看抜いていた。それゆえに、三島の「そのやり方は。相手の文体を裏返す」ものだ、と言い返したのである。「そんなのみえすいている」、と。

三島はこのとき、みずからのレトリックの妙技を看抜いた若ものがいたことに驚きつつ、いよいよ言葉の真剣勝負へと入ってゆく。

三島 ああ、お互いみえすいている。（笑）これはだ、これはまじめに言うんだけれども、たとえば安田講堂で全学連《ママ》の諸君がたてこもった時に、天皇という言葉を一言彼等が言えば、私は喜んで一緒にとじこもったであろうし、喜んで一緒にやったと思う。（笑）これは私はふざけて言っているんじゃない。

この三島の切り返し方は、真面目も真面目、見事な切り返し方である。そのさい、かれはすでに天皇をたんに〈美の原理〉とするのではなく、日本における〈政治の原理〉、いや〈革命の原理〉に転化していた。

そういう思いに芸術至上主義者の三島を駆り立てたのは、戦後日本がかぎりなく美から遠離かっているという絶望にほかならなかった。第一章でふれた、「無機的な、からっぽな、ニュートラルな、中間色の、富裕な、抜目がない、或る経済的大国」となった戦後日本への絶望である。

「文化防衛論」における天皇

しかし、三島由紀夫がそのような「からっぽな」日本に〈美の原理〉としての天皇を対置するとき、そこでは天皇は、すでに芸術至上主義者の「美しい天皇」という文化概念ではなくなる。明らかに、〈政治の原理〉つまり政治概念に転化している。そうだとすれば、その時点で、三島由紀夫の「天皇陛下万歳！」は美のイメージとしての天皇の想定ではなく、政治的な思想、いや天皇制イデオロギーの言葉に近くなる。

そうであるにもかかわらず、三島は「からっぽな」戦後日本の行きつく先が、日本の〈美の原理〉としての天皇の簒奪であると考え、こういった事態に抗するため、「文化防衛論」（『中央公論』一九六八年七月号）で次のように書いたのである。

時運の赴くところ、象徴天皇制を圧倒的多数を以て支持する国民が、同時に、容共政権の成立を容認するかもしれない。そのときは、代議制民主主義を通じて平和裡に、「天皇制下の共産政体」さえ成立しかねないのである。（中略）このような事態を防ぐためには、天皇と軍隊を栄誉の絆でつないでおくことが急務なのであり、又、そのほかに確実な防止策はない。もちろん、こうした栄誉大権的内容の復活は、政治概念としての天皇をではなく、文化概念としての天皇の復活を促すものでなくてはならぬ。文化の全体性を代表するこのような天皇のみが窮極の価値自体《ヴェルト・アン・ジッヒ》だからであり、天皇が否定され、あるいは全体主義の政治概念に包括されるときこそ、日本の又、日本文化の真の危機だからである。

三島はここで、執拗に、政治概念としての天皇ではなく、文化概念（＝美）としての天皇の復活を説いている。むろん、そこには明らかに論理矛盾があった。三島はここで、戦後日本の現実とは関わりなく「美しい天皇」を思い描いているのではなく、その現実を否定する原理として天皇がある、と説いているからだ。現実を否定する原理としての天皇は、明らかに政治概念となるのである。

こういった三島の「文化防衛論」における論理的矛盾をするどく暴いたのは、橋川文三の「美の論理と政治の論理」（『中央公論』一九六八年九月号）だった。その橋川の「文化防衛論」批判は、三島由紀夫の反論「橋川文三氏への公開状」（『中央公論』一九六八年十月号）のなかで、的確に要約されている。それゆえ、この三島の要約のほうを引いておこう。

「三島よ。第一に、お前の反共あるいは恐共の根拠が、文化概念としての天皇の保持する『文化の全体性』の防衛にあるなら、その論理はおかしいではないか。文化の全体性はすでに明治憲法体制の下で侵されていたではないか。いや、共産体制といわず、およそ近代国家の論理と、美の総攬者《そうらんしゃ》としての天皇は、根本的に相容《あいい》れないものを含んでいるではないか。第二に、天皇と軍隊の直結を求めることは、単に共産革命防止のための政策論としてなら有効だが、直結の瞬間に、文化概念としての天皇は、政治概念としての天皇にすりかわり、これが忽《たちま》ち文化の全体性の反措定になることは、すでに実験ずみではないか」（振りガナ引用者）

このように橋川の論を要約しつつ、三島はみずから「ギャフンと参った」と記すのだ。「貴兄（橋川）はみごとに私のゴマカシと論理的欠陥を衝かれ、それを手づかみで読者の前にさし出した、と。

第九章　戦後的なるもの

平和主義に対する「暴力」

三島は、全共闘学生との討論について「必ずしも世上伝はるやうな、楽な、なごやかな二時間半であつたとはいへない」と若干の注をつけつつ、それでも「概して……愉快な経験であつた」(「討論を終へて」)と感想をのべている。それは、六〇年代末の全共闘の学生運動が戦後的な平和主義に対する「暴力」として発動されており、そこに三島じしんが共感をおぼえていたからである。

つまり三島は、戦後的なるものの肯定の上に立って秩序維持に汲々としている六〇年代末の日本にいらだちをおぼえ、そのいらだちにおいて全共闘と時代感情を共有したのである。

「討論を終へ」たあとの「砂漠の住民への論理的弔辞」に、三島は書いている。

> 世上ごくセンチメンタルな、ヒューマニティックな見地から来る暴力否定は、目前の秩序のみにかかはつて、その秩序を成り立たせてゐる根本的な政治的状況の錯綜《さくそう》と矛盾に対して目をつぶることから始まつてゐる。これが三派全学連並びに私自身をいらだたせてゐるところの戦

後の市民主義的な風潮であり、にせものの市民主義的な既成道徳の婦女子的な感覚に基いた処理である。（傍点引用者）

三島はここで、全共闘学生と三島じしんを「いらだたせてゐる」ものを、戦後の市民主義的な風潮とよんでいる。このことは、あれから四十年たち、そうしてかつての全共闘運動の学生たちもいわゆる市民主義へと復帰してしまった現時点からすれば、不思議にもおもえるだろう。しかし、四十年まえの全共闘はたしかに、当時の秩序維持に汲々としている戦後民主主義にノン、と叫んでいたのである。

戦後の市民主義といっても戦後民主主義といってもよいが、そこには明らかな欺瞞があった。体制のぬるま湯にどっぷりと浸ったうえでの市民主義であり戦後民主主義であったからだ。その欺瞞に対していらだち、「暴力」を発動させる。これが、全共闘と三島由紀夫の共通する立場であった。

とはいえ、その欺瞞の意味するところは、三島じしんも認めているように、全共闘と三島とではかなり大きく異なっている。たとえば、全共闘運動は戦後民主主義（丸山真男といってもいい）が教養主義あるいは知性主義に陥いることによって体制を支えているとみた。実際、丸山真男の教え子たちの多くは官僚になり、体制を支えていた。その欺瞞を批判して、全共闘の学生たちは毛沢東が文化大革命にさいして与えた「造反有理」を、その運動スローガンに掲げたのである。これに対して三島は、そのような毛沢東の革命理論――「人民戦争（のみ）を肯定する論理」

――それじたいを、絶対に認めようとしなかった。

……『われわれの目的は地上に戦争を絶滅することである。しかし、その唯一の方法は戦争である。』これが毛沢東の独特な論理であつて、この論理がすなはち右に述べたやうな暴力肯定の論理とちやうど反極に立つものである。すなはちそれは平和主義の旗じるしのもとに戦争を肯定した思想なのである。私は戦後、平和主義の美名がいつもその裏でただ一つの正しい戦争、すなはち人民戦争を肯定する論理につながることをあやぶんできたが、これが私が平和主義といふものに対する大きな憎悪をいだいてきた一つの理由である。（傍点引用者）

三島はここで、毛沢東の「われわれの目的は地上に戦争を絶滅することである。しかし、その唯一の方法は戦争である」という人民戦争の論理を紹介している。そして、戦後日本の平和主義は、この毛沢東思想すなわち「平和主義の旗じるしのもとに戦争を肯定」する欺瞞を犯してきた、というのである。

しかし、この欺瞞は、戦後日本だったから毛沢東思想の「人民戦争を肯定する論理」を内に隠すという形態をとるのである。いつの時代でも、国家権力というものは「戦争を絶滅する」ために、みずからの「戦争を肯定」する（＝「正しい戦争」を主張する）ものなのである。これは、たとえば二〇〇九年にノーベル平和賞を受賞したオバマ米大統領の受賞演説でも、同じ論理だった。オバマはそこで、平和のための戦争を容認していたのである。――「世界に悪は存在する」。その悪（＝テロ）を根絶するためのアフガン戦争は「正当性」をもっている、と。

要するに、いつの時代であれ、どこの国であれ、国家権力というものは「平和」のためにみずからの戦争を肯定するのである。それが政治の論理というものだ。

そうだとしたら、三島由紀夫がいおうとしていたのは、政治の論理はつねに欺瞞を孕む、ということである。だから、じぶんは政治をやろうとはおもわない、反政治、つまり文学の論理、もっといえば〈美の論理〉をじぶんは主張すると全共闘の学生に語ったのだ、というわけだろう。

政治と文学

そして、そう考えるがゆえに、三島はこの討論のために五つの論理を用意した、として、その四番目に「政治と文学との関係」をあげていた。三島の頭脳は、明晰すぎるほどに明晰なのである。

この「政治と文学との関係」をめぐって、三島は「砂漠の住民への論理的弔辞」で、左翼的な文芸評論家の小田切秀雄（法政大学教授）の名を出して、次のように批判していた。


政治と文学。――私はかつて小田切秀雄氏が私について書いた笑ふべき評論を思ひ出すことができる。小田切氏は、私が右翼的思考を深め、私がますます右寄りになればなるほど文学者としての作品の価値は低下するといふ方程式を立て、小田切氏独特の幼稚な頭のかたい文学鑑賞法によつて、自分に都合のよい論証ばかりを引つぱり出し、自分の理論がいかに正しいかを証明しようとしたのであつた。

三島によれば、小田切秀雄という文芸評論家は、三島が「右翼的思考を深め……右寄りになればなるほど文学者としての作品の価値は低下する」という方程式＝文芸理論をもっていた、という。わたしは三島のこの小田切秀雄批判に、基本的に同意する。なぜなら、わたしが法政の大学院（日本文学科）で小田切秀雄さんを指導教官に選んだときの理由が、ほかでもない、小田切の文芸理論すなわち「右寄りになればなるほど文学者としての作品の価値は低下する」という規準に、正面から挑んでみたい、というものであったからだ。

わたしは東大経済学部を卒業している。しかし、一年あまりの民間企業への就職後、文学を勉強したく思っていた。とはいえ、東大をふくめほとんどの大学院は文学部を卒業していなければ文学の大学院そのものへの受験資格がない、という規定をもっていた。けれども、わたしには文学部への学士編入試験を受けているヒマはなかった。第一、わたしは文学部に入り直して学者になるつもりなどまったくなかったのである。

法政の大学院だけが、修士課程の入学試験に合格すればいい、という条件だった。そこで、法政の大学院に試験を受けて入ったのだが、入学したあとで、誰か指導教官を選ばなければならない。当時、法政の日本文学科には古代文学が益田勝実・西郷信綱、近世文学が広末保、近代文学が小田切秀雄・荒正人（英文学）というようになかなか魅力的な教授がそろっていた。わたしは社会学科の古在由重もふくめて、それらすべての講義を選択することにしたが、指導教官には小田切さんを選ぶことに決めたのだった。

当時すでに、わたしは北一輝の研究をはじめており、左翼の人びとがいうように、共産主義革命のみが正しい革命である、などとは考えていなかった。共産主義＝革命というテーゼが成り立つなら、北のようなファシズム＝革命というテーゼも（のちには原理主義＝革命というテーゼも）成り立つだろう、と考えていた。それゆえ、共産主義革命のみが正しい革命であると考え、その正しい革命に奉仕する文学のみが文学的な価値が高い、逆説的にいえば「右寄りになればなるほど文学者としての作品の価値は低下する」、という小田切さんのような左翼的な文学観に強い疑いをもっていたのである。

もっとも、小田切秀雄さんは三島の文学者としての才能を認めていた。ただそれは、芸術至上主義者としての観点からで、小田切さんは三島の『仮面の告白』などは高く評価していた。一方、『英霊の声』などにはきわめて評価が低かった。

思い出した。――小田切さんは、わたしが一九六九年四月に大学院生となって一年ほど経った一九七〇年七月のころ（三島由紀夫の自決事件はまだ起こっておらず、わたしが北一輝関係の論考を発表しはじめたころ）、当時はまだバリケード・ストに突入していなかった法政大学院の校舎で、わたしにこんな質問をしたのだった。「きみは三島由紀夫の作品のどんなものを高く評価しますか」、と。これに対してわたしは、「一番高く評価する三島作品は『金閣寺』です。ただ、最近の『春の雪』と『奔馬』（『豊饒の海』四部作の第一、二部）はなかなか見事な出来だとおもいます。『暁の寺』（同第三部、『新潮』一九七〇年四月号完）はちょっと評価が下がりますが……」、と答えたのだった。すると小田切さんは、「そうかね、『春の雪』や『奔馬』はそれほど評価に値するかね？」と、やや不快そうな表情をした。

小田切さんはいつも穏和な顔付きをしているひとで、それだけにこのときの不快そうな表情が印象的だった憶えがある。その不快そうな表情は、かれが天皇制の「みやび」や右翼青年の昭和維新運動を題材とした三島作品を、その「思想」的傾向ゆえに評価したくない、という感情をあらわしていた。

小田切秀雄「君も党へ入りませんか」

三島は左翼的な文芸評論家の小田切秀雄に対して、その「幼稚な頭のかたい文学鑑賞法」と表現しているように、きわめて強い敵対意識をいだいていた。しかしこれは、三島じしんが「右翼寄り」の思想的傾向を強めていた一九六九年当時の小田切評であって、これより何年かまえの三島の小田切評は、それほど強い敵対意識に彩られていなかった。

たとえば三島が一九六三年——『憂国』と『英霊の声』のちょうど中間のころ——に書いた「私の遍歴時代」と題した半自叙伝的エッセイには、戦後まもないころ小田切から共産党への入党を誘われたときの思い出が書かれている。三島はそのころ二十五歳で、「はじめて婦人雑誌の連載小説を書い」ていた。

――さて、当時、私はたつた一度、共産党への入党を誘はれたことがある。これは言ひ出したご当人の小田切秀雄氏も、きつとつくに忘れてをられるにちがひないことであり、また、氏自身も軽い気持ちで言はれたことかもしれないが、私には妙に鮮明な記憶になつて残つてゐる。

三島はその前年の一九四九年（昭和二十四年）にかれの文学界での地位を確立した『仮面の告白』を発表し、『愛の渇き』や『青の時代』そうして『禁色』といった話題作をつぎつぎと発表していた。小田切はそういう三島の文学的才能に目をつけて、かれを共産党への入党に誘ったのだろう。

それというのも、『仮面の告白』には、大東亜戦争の末期に召集令状をうけとった三島が、あたかも戦争から逃げ出したかのような「告白」がのべられていたからだろう。三島は徴兵忌避をしたわけではない。しかし、「死」からは逃れたいとおもっていたのである。その心理を、結核で兵役から逃れることのできた小田切秀雄――三島の九歳上――によって覗きこまれたのである。『仮面の告白』には、「死」から逃れようとしていた二十歳の三島の心理が、次のように書かれていた。

薬で抑えられていた熱がまた頭をもたげた。入隊検査で獣のように丸裸かにされてうろうろしているうちに、私は何度もくしゃみをした。青二才の軍医が私の気管支のゼイゼイいう音をラッセルとまちがえ、あまつさえこの誤診が私の出たらめの病状報告で確認されたので、血沈がはかられた。風邪の高熱が高い血沈を示した。私は肺浸潤《はいしんじゅん》の名で即日帰郷を命ぜられた。

営門をあとにすると私は駈《か》け出した。荒涼とした冬の坂が村のほうへ降りていた。あの飛行機工場でのように、ともかくも「死」ではないもの、何にまれ「死」ではないもののほうへと、私の足が駈けた。

二十歳の三島は、とにかく「死」からは逃れたかったのである。そして、この、「死」ではないもののほうへと二十歳の三島が駈けた、その心理的負い目が、戦後になり文学的名声を手にしたあとで、かれを襲ってくるのである。

そう考えれば、一九七〇年十一月二十五日の三島由紀夫の自決は、二十歳のときの三島が「死」から逃れようとした、その負い目を拭い去ろうとした行為であったともいえる。二十五年の歳月を逆戻りするように、三島は「天皇陛下万歳！」と叫んで死んでいった、と。

なお、三島が二十歳のとき勤労動員に向かわされた飛行機工場というのは、北関東の群馬県太田町にあった中島飛行機の本社工場である。当時、中島は爆撃機の「呑竜《どんりゅう》」だけでなく、「特攻隊用の零式《ゼロしき》戦闘機」（三島の表現）のおよそ半数を生産していた。そのため、B29は東京を空襲したあと、一路、この北関東の中島飛行機工場に向ったのだった。飛行機工場は何度となく爆撃され、三島はこのときも、「ともかくも『死』ではないもののほうへと駈け」たのだった。

ついでながら、当時わたしの父は、その中島飛行機の社員だった。それゆえ、占領軍によって接収されるまえに工場に残っていた、ジュラルミンの零戦や隼《はやぶさ》の模型を持ち出した。それがわたしの子どものときの遊び道具になったのである。

それはともかく、小田切秀雄は昭和二十五年に流行作家となっていた三島と「何かの座談会」ではじめて会った。そして、「帰る方角が同じであつた」ので、一緒に地下鉄の銀座駅へ下りた。三島は「私の遍歴時代」に、そのときのことを次のように書いている。

　地下鉄の駅はまだ薄汚く薄暗かつた。どんな話のついでであつたかしれないが、氏が実にさりげなく、やさしい調子で、
「君も党へ入りませんか」
と言つたのである。氏はああいふ調子の人だし、この言葉には、牧師が入信をすすめるやうな誠実さがこもつてゐた。

三島は、かれを「やさしい調子」で共産党へと誘った小田切の行為を、「牧師が入信をすすめるやうな誠実さ」と評している。その評言には、微かな笑いのようなものがひそんでいるにしても、一九六九年の「砂漠の住民への論理的弔辞」でのような、冷笑や敵対的な意識をうかがうことはできないのである。

平岡梓の証言

三島由紀夫は戦争から逃げ出したわけではない。戦争をみずからに死をもたらすものと見なし、その「死」から逃れようとしたのである。しかし、そういう三島の心理も、『仮面の告白』において構築されたフィクションかもしれない。いちおう、そう疑っておくべきだろう。

ただ、このフィクションには証人がいる。三島の父親・平岡梓《あずさ》という、身内であるがゆえに客観的な証人としてはあまり適切でないが、かれは二十歳の三島とともに兵庫での入隊検査に立ち会っている。その事実を考えると、状況証拠（つまり物語）の証人としては唯一無二だともいえる。

それに、この三島の父親である平岡梓は、官僚としては農商務省の水産局長どまりで、そのあとは国策会社に天下りした典型的な役人であるが、ある種の文筆の才をもっていた。かれが三島の自決から一年もたたぬうちに『諸君！』に連載した『伜・三島由紀夫』（文藝春秋、昭和四十七年刊）の文庫版「解説」で、徳岡孝夫はその文筆の才とそれが果たした役割について、次のように書いていた。

いったい全体どういう父親なのか。当時、私は知り合いの『諸君！』編集者に問うてみた。彼が微笑して「伜より文才がある」と答えたのを記憶している。しかし文才はむろん冗談だが、両親が倅の死後健在で、あからさまに倅の生涯について語ったことにより、謎の多い三島由紀夫の自決のかなりの部分は解明された。いや解明はされぬまでも（中略）一種の納得を与えたと言ったほうが正しい。

徳岡孝夫に対して、半ば冗談であるにしても平岡梓のことを「倅（三島）より文才がある」といった編集者は、『諸君！』の編集長をつとめた堤堯だろう。堤は、その辛辣な批評によって三島由紀夫にも気に入られていた。かれは平岡梓の一種異様な文筆の才を見抜いたわけである。平岡梓の筆はたしかに、肉親の情によって筆致を湿らせることなく、三島由紀夫という文学者の自決の謎に迫ってゆく。それによって読者は、徳岡孝夫が書いているように「一種の納得を与え」られるのである。息子の死から一年もたたぬうちにこのような文章を書ける父親は、やはり一種特殊な人格と異様な文筆の才をもっている、と評すべきだろう。

一種異様な文筆の才

それはともかく、平岡梓は「倅」の入隊検査と「即日帰郷」命令のことについて、次のように記している。

倅が大学一年のとき、昭和二十年二月ついに赤紙が飛び込んで来ました。赤紙と言ってもそれは電報で、家内が玄関で直接受取ったのです。

　僕は伜を連れて当時当家の本籍地であった兵庫に向いました。（中略）

　僕らは（入隊）検査場のある町に着いて知人の家に一泊することになりましたが、伜は母（倭文重《しずえ》）同様出発時にはちょっと微熱が出ておりましたのが急に高熱になり、医者は飛んで来る、薬だ氷だ、とこの家には大変な御迷惑をかけてしまいました。翌日無理を押して受検に出かけましたが、結果は不合格で、「即日帰郷」となりました。軍医の診断では「ラッセルがひどく、まあ結核の三期と思う」とのことでした。これは帰京後名医の診断によると、風邪の時の高熱が誤診されたもので、肺には何の異状もなし、と判り、ホッといたしました。（カッコ内引用者）

　平岡梓がここで記述している「伜」三島由紀夫（＝平岡公威《きみたけ》）の病状は、軍医の診断によれば「結核の三期」である。しかし、三島の『仮面の告白』では「肺浸潤」となっている。そういった違いはあるものの、梓の記述は三島が『仮面の告白』で書いている内容と、大して変わらない。これは『仮面の告白』という三島の先行作品があるから可能になった記述ともいえよう。

　ただ、『伜・三島由紀夫』には、三島が「即日帰郷」を命ぜられたあと、別室で軍曹から受けた「長々とした訓示」が、次のように紹介されている。「諸君は不幸にして不合格となり、さぞ残念であろう。決して気を落さず今後は銃後にあって常に第一線に在る気魄をもって尽忠報国の誠を忘れてはならない」云々、と。この訓示は、三島が受けたものであり、父親の梓じしんが聞いたものではない。それをあたかも、梓じしんが聞いたように書けるところに、かれの一種異様な文筆の才がうかがえるのである。
じっさい、軍隊の営門を出たあと、「何にまれ『死』ではないもののほうへと、私の足が駈けた」と三島が書いている心理は、父親・平岡梓じしんの心理として、次のように記述されているのだ。

門を一歩踏み出るや伜の手を取るようにして一目散に駈け出しました。早いこと早いこと、実によく駈けました。どのくらいか今は覚えておりませんが、相当の長距離でした。しかもその間絶えず振り向きながらです。これはいつ後から兵隊さんが追い駈けて来て、「さっきのは間違いだった、取消しだ、立派な合格お目出度う」とどなってくるかもしれないので、それが恐くて恐くて仕方がなかったからです。

軍曹から「即日帰郷」を申し渡されて駈け出したのは、三島由紀夫ではなく、父親の梓であった、という書き振りである。入隊検査で「不合格」を告げられたのも三島ではなくて、梓じしんであるかのようだ。そうでなければ、その兵隊が「さっきのは間違いだった」とどなってくるかもしれないのが、「恐くて恐くて仕方がなかった」とは書けないだろう。

「生」のほうにむかう平岡梓

憑依の文体とでもいうのだろうか。平岡梓の文章の才は対象の三島由紀夫になり切ってしまう質のものである。「伜」と書いていても、それは二十歳の三島に憑依した平岡梓じしんの心理にほかならない。

二人が駅にたどりついて、汽車にのりこんだあとの心理など、もう主人公が「伜」なのか、父親の梓なのか、よくわからない。

駅に着くと、汽車の入って来るのをやきもきしながら待っておりました。汽車に乗るとやや落着きを取戻し、段々と喜びがこみあげてきてどうにもなりませんでした。うしろに去って行く季節柄殺伐な沿線の田園風景もまんざら捨てたものでもなく見えてくるし、駅に停まっても、駅長の立ち姿そのもの、駅弁売りの動く姿そのものが、じかに何ともうれしい存在に見えてくるのです。何でもかんでも万物これうれしい存在に見えて仕方がないのです。

ここには、「『死』ではないもの」のほうへと駈けた三島の心理を、ひたすら「生」のほうへ、つまり生きているものを見ると「何でもかんでも万物これうれしい存在」に見てしまう心理と読み解く平岡梓がいる。かれは三島がそうであったかどうか、などと問うことはせずに、三島由紀夫に憑依してしまうのである。

だが、明晰すぎるほどの知性をもった三島由紀夫は、「『死』ではないもののほう」へ駈けた、と書いているにすぎない。三島は『仮面の告白』でその後を、一段落おいて、次のようにつづけていた。

……夜行列車の硝子《ガラス》の破れから入る風を避けながら、私は熱の悪寒《おかん》と頭痛に悩まされた。どこへ帰るのかと自分に問うた。何事にも踏切《ふんぎ》りのつかない父のおかげでまだ疎開もせずに不安におびえている東京の家へか？　その家をとりかこむ暗い不安にみちた都会へか？　家畜のような目をして、大丈夫でしょうか大丈夫でしょうかとお互いに話しかけたがっているようなあの群衆の中へか？　それとも肺病やみの大学生ばかりが抵抗感のない表情で固まり合っているあの飛行機工場の寮へか？

三島は「『死』ではないもの」のほうへと駈けたが、それが「生」のほうだった、とは一言も書いていない。それどころか、「どこへ帰るのか」と問うたさきに現われてくる答えが、「何事にも踏切りのつかない父」のいる東京の家でもなく、都会でもなく、群衆の中でもなく、「肺病やみの大学生ばかり」の飛行機工場の寮でもない、と否認をつづけるのである。

このことは、何を意味するのか。戦争＝軍隊が「死」を意味するものであることはたしかであるにしても、三島がその対極に「生」を想定していなかった、ということではないか。じっさい、三島はこう書いていた。

軍隊の意味する「死」からのがれるに足りるほどの私の生が、行手にそびえていないことがありありとわかる……。

ここには、平岡梓が「倅」三島の心理として書いていた、ひたすら「生」のほうへと駆け、生きているものを見ると「何でもかんでも万物これうれしい存在」に見てしまう「生」の喜びとは、まったく異なる心理がある。三島は明らかに書いていた、「私の生が、行手にそびえていない」、と。

「死にたい人間」

それどころか、二十歳の三島は「死にたい」と思っていた。ただそれは、みずから望んでの、意志的な死でなければならなかった。「たまたま私が家にいるときに空襲で一家が全滅する」ような死は、むしろ「嫌悪」すべきものだった。日常的な死は唾棄すべきものだったのである。

戦争＝軍隊が日常的な死を意味するのなら、それは三島にとって、むしろ逃れるべきものであった。三島は非日常的な、悲劇的な「死」を望んだのである。そういう自己の屈折した心理を、かれは次のように分析していた。

……私は自分を「死」に見捨てられた人間だと感じることのほうを好んだ。死にたい人間が死から拒まれるという奇妙な苦痛を、私は外科医が手術中の内臓を扱うように、微妙な神経を集中して、しかも他人行儀にみつめていることを好んだ。この心の快楽の度合は殆《ほとん》ど邪《よこし》まなものにさえ思われた。（傍点引用者）

明晰すぎるほど明晰な知性の持ち主である三島は、「外科医が手術中の内臓を扱うよう」に細心で、客観的な意識をもって、じぶんの心理を分析している。そして、その結果、昭和二十年の入隊検査における「即日帰郷」の命令は、「死にたい人間」が戦争＝軍隊という日常的な死から「拒まれる」事態であった、と「理会」したのである。

そう考えれば、一九七〇年十一月二十五日の三島由紀夫の自決は、「死にたい人間」がみずから求めた、非日常的な「死」であったことになる。それはついに、意志的な死であった、と。

しかし、この意志的な死、つまり「天皇陛下万歳！」と叫んでの三島の死に対して、日常的なカリスマとしての昭和天皇は、何の公的な発言もしなかった。事件の一切を知りながら、沈黙してことに処したのである。

三島が自決した翌十一月二十六日の侍従長・入江相政《すけまさ》の日記には、次のように記されている。

十一月二十六日（木）雨……

きのふはよく寝た。いゝ気持になつた。……御前に出て御製（新嘗祭についての明治天皇の御製）は明治三十六年のものであることなど申上げすつかり御安心になる。三島由紀夫のことも仰せだつた。……（カッコ内引用者）

この記述からわかるのは、昭和天皇が三島事件の翌日に、みずから三島の名まえを口に出したことである。しかし、どのようなことを口に出したのかはわからない。
ただ、天皇はその後、生涯にわたって、三島由紀夫の名を公には口に出さなかった。そのことこそが、日常的カリスマであった昭和天皇の三島事件についての拒絶の意思を物語っていた。

司馬の学校嫌い

こういった三島由紀夫の戦争＝軍隊に対する屈折した心理に較べると、司馬遼太郎にとって戦争＝軍隊は、屈折どころか、いやおうのない運命のように受けとられたらしい。司馬は、一九七二年七月におこなわれたインタヴューで、「私の青春」（『司馬遼太郎全集』〔文藝春秋刊〕第32巻の「年譜」解説）について次のように語っている。

「青春」なあ……私の青春というのはあったような、なかったような、今から思い出してもね、まことにうらぶれた感じですね。なにしろ学校（大阪外国語学校蒙古《もうこ》語科）の途中で兵隊にとられましてね（昭和十八年九月、二十歳のとき）、翌年、軍隊にいたまま自動的に卒業させられたわけです。そして敗けて帰ってきて、おもに京都で新聞記者やってただけですからね、華やかさもなんにもない、私の青春には。（カッコ内引用者）

司馬がじぶんの青春には「うらぶれた感じ」のみあって、「華やかさもなんにもない」と感じていたのは、兵隊にとられて大学を繰上げ卒業になったということもあるが、そのまえに旧制高校の受験に失敗したことのほうが大きく関わっていた。司馬の学歴は、学習院高等科を首席で卒業し、東京帝国大学法学部に入り、高等文官試験に合格して大蔵省に就職した三島のそれとは、比較にならないくらいにまずしい。

司馬が受験で苦労したのは、数学が出来なかったからだ。かれが大阪外国語学校にすすんだのも、その試験に数学がなかったからである。しかし、その数学もふくめて、司馬は学校での勉強それじたいが嫌いだったらしい。

毎日6時間から7時間の授業ですからね、もう本当にうんざりして、こんな学校にいるくらいなら、兵隊にとられたほうがましだ……（笑）。私は兵隊が大嫌いでしたけどね、そのときはつくづく思ったなあ。

学生の徴兵猶予の恩典の取り消し、いわゆる文科系学徒の動員を、ラジオ放送で聞いたとき（昭和十八年九月）、思わず「しめたっ」っていったら、そばにいた親父が変な顔をして、「おまえ、兵隊が好きか」ってじつにバカにされた。

軍隊生活など刑務所よりひどいですよ。それでも学校へ行くよりましだと思ったんだから、救いがたい（笑）。ところが軍隊に行ったら行ったで、また軍隊の試験があるんだなあ。

ここからわかるのは、司馬遼太郎が学校嫌い、そして試験嫌いだということである。かれのサービス精神は、刑務所など行ったことがないのに、刑務所より軍隊生活のほうが「ひどい」といい、それでも軍隊は「学校へ行くよりましだ」といっているところに明らかだろう。

それほど学校が嫌いだったために、司馬は昭和十八年九月に文科系学徒に対する徴兵猶予の取消しがなされたとき、思わず「しめたっ」と叫んだ、というのである。ここにも司馬のサービス精神が発揮されているとおもわれるが、翻ってそこからわかることは、司馬が戦争＝軍隊を死の場所とおもうような意識からは遠かった、ということだろう。

かれは戦争中の特攻隊を悲惨とはおもっても、美しいとおもうような精神とは無縁であった。その点が、三島ともわたしともちがうのである。

戦車隊の小隊長

司馬遼太郎は昭和二十年八月十五日の敗戦を、栃木県佐野市でむかえている。このとき、満で二十二歳になったばかりだった。

二年前の九月、司馬は徴兵猶予停止となり、大学を仮卒業のうえ、十二月一日、兵庫県加古川の青野ヶ原の戦車第十九連隊に幹部候補生として入営した。翌十九年四月には、満州の陸軍四平《しへい》戦車学校に十一期生として入り、八ヵ月後の昭和十九年十二月に同校を卒業している。そのあと見習士官として、牡丹江《ぼたんこう》省寧安《ねいあん》県石頭《せきとう》の戦車第一連隊に配属された。第五中隊所属の第三小隊長である。

　第五中隊は昭和二十年四月になると、西野堯大尉の指揮のもと、本土防衛のため、戦車六十輛（戦車第一連隊の全戦車）で釜山経由、新潟に上陸した。五月には栃木県佐野市に移駐し、その三ヵ月後に敗戦をむかえたわけである。

　敗戦をまぢかにひかえたある日、司馬は日本の軍隊とは何か、その軍隊を支配している思想とは何か、いや思想とはそもそも何か、ということについて強烈な体験をした、とのちに語っている。鶴見俊輔との対談「日本人の狂と死」でのことだ。

司馬　わたしはね、戦後社会をひじょうにきらびやかなものとして考えるくせがあるんです。これは動かせない。それは自分の体験からくるんですけれども、わたしは兵隊にとられて戦車隊におりました。終戦の直前、栃木県の佐野のへんにいたんですけれども、東京湾か相模湾に米軍が上陸してきた場合に、高崎を経由している街道を南下して迎え撃てというのです。わたしはそのとき、東京から大八車引いて戦争を避難すべく北上してくる人が街道にあふれます、その連中と南下しようとしている、こっち側の交通整理はちゃんとあるんですか、と連隊にやってきた大本営参謀に質問したんです。そうしたら、その人は初めて聞いたというようなぎょっとした顔で考え込んで、すぐ言いました。これがわたしが思想というもの、狂気というもの、を尊敬しなくなった原点ですけれども、「ひき殺していけ」と言った。

われわれは日本人のために戦っているんじゃないのか。それなのに日本人をひき殺してなんになるだろうと思いますでしょう。わたしは二十二歳か二十三歳ぐらいでしたから、もうやめたと思いました。なんともいえん強烈な印象でした。（傍点引用者）

司馬はここで、大変なことを語っている。——東京湾あたりから上陸してくるアメリカ軍との戦闘を避けて北上してくる避難民が北関東の街道にあふれている。そのとき、迎撃のために南下せんとする戦車隊は、どうしたらよいか。そのことを、陸軍の大本営参謀に質問したら、答えは「ひき殺していけ」だった、というのである。

大本営参謀は本当にそんな発言をしたのだろうか。歴史家、もしくは歴史的真実に関心をもつひとは、まずそのことに疑問をもつだろう。その参謀はだれか、そうして本当にかれはそのようにいったのだろうか、と。なお、わたしがここで、歴史学者は？　といわなかったのは、歴史学者のほとんどがそんなことに関心をもたないからである。

思い出す。——わたしはここで司馬さんの対談相手になっている鶴見俊輔さんに、「白旗伝説」論争のころ次のようにいったことがあった。「わたしは歴史学者とよばれることに嫌悪感をいだいているのです。歴史学者って、ほとんどがじぶんの信奉するイデオロギー史観——マルクス主義史観であれ、これに反撥して成立した皇国史観であれ――に従って、歴史の法則なる記述をしているだけじゃないですか」、と。すると鶴見さんは、「歴史学者になんかならずとも、歴史家になればいいいじゃないか」、といとも簡単に答えを出してくれたのだった。

そういった思い出話はともかく、わたしがその大本営参謀は誰だろうか、そうしてかれは本当にそのような発言をしたのだろうか、という疑問をもったのと同じように考えたひとがいた。軍事史にくわしい、歴史家の秦郁彦さんである。

秦さんは、その疑問に対して、当時、佐野に派遣された大本営参謀なんていたろうかと考え、司馬の周辺にいた戦友会――「石頭会《せきとう》」。いしあたまの掛け詞である――の人びとにたしかめてみた。すると、誰もそんな大本営参謀の記憶がなく、「ひき殺していけ」などといった言葉もきいた憶えがない、といったのである。

とすれば、その大本営参謀の話は、司馬が戦後しばらくたってから作った物語なのではないか。大本営参謀というのは、瀬島龍三に代表されるように、頭のきれる軍人官僚であって、国民を数でしか扱わない発想をもっている。それゆえ、机上作戦で北上する避難民に会ったら、いかにも「ひき殺していけ」といいそうである。上官の命令は「天皇陛下の命令」であるから「絶対」である、というのが、当時の常識だった。

そう考えると、司馬遼太郎がこの体験談の冒頭に、じぶんは「戦後社会をひじょうにきらびやかなものとして考えるくせがある」とのべていた自己規定は、きわめて大きな意味をもってくる。司馬が直木賞を受賞したときの小島政二郎の選評に、「大ウソつき」という言葉があったが、これは否定の言葉ではない。正確を期して引用すると、「この大きなウソをつく才能には、私は目を見張って感嘆した。吉川英治、白井喬二以後初めて見る大ウソつき」となる。つまり、司馬は物語り作家として、吉川英治・白井喬二に並ぶ気宇壮大さをもっているという意味だ。

　そうだとすると、司馬遼太郎はいわば戦前的なるものの抽出、凝縮として、大本営参謀の発言を作りあげたのではないか、という気がする。「ひき殺していけ」という日本の軍隊の思想は、司馬が戦後という時代のなかで作りあげた、一種の創作であるような気がする。つまり、戦前の大本営参謀の発想とすると、「絶対」なるものは上官の命令＝「天皇陛下の命令」であって、その命令の前に立ちはだかる避難民とはその命令に逆らう邪魔物にすぎないのである。

　戦前の軍人＝軍隊が果たしてそんな非人間的な発想をするのか、と問うなら、答えは、するのである。たとえば、二・二六事件の「蹶起《けっき》青年将校」の兄貴分である大蔵栄一が『二・二六事件への挽歌』（読売新聞社、昭和四十六年三月刊）に、次のような体験を書いている。――昭和十年六月三日、大蔵栄一大尉らは陸軍体育の殿堂である戸山学校で、幹事の長岡寿吉大佐から次のような質問をされた。「オレは中隊長、諸君は小隊長と仮定する。問題、ここに一人のがんぜない子供がいる。命令『殺してこい』、諸君どうするか」と。このとき大蔵をはじめとする同僚中尉たちは「殺しません」と答えた。すると、長岡幹事は「だからおまえらは間違っているのだ。上官の命令はいかなる命令であっても、直ちに従うというのが原則だ」といったのである。

　そうだとすれば、戦前の大本営参謀が「ひき殺していけ」という命令を口にしたという事態は大いにありうる。そのありうる事態を、作家となった司馬遼太郎が戦後という時間のなかで、いわば戦後神話として創作したのではないか、という気がするのである。

戦後神話の作成

ところで、わたしは戦車隊の小隊長だった司馬のことを知っている佐野出身の女性の思い出話をきいたことがある。司馬より二歳下——ということは大正十四年生まれで、三島由紀夫と同い歳——のその女性は、司馬が休日などに寄宿することになった農家の娘さんだが、戦争が終わったときだったか司馬から「じぶんは蒙古で馬賊になりたい」といわれ、変なことをいうひとだなあ、とおもって恋愛の対象とは考えなくなった、ということだった。

馬賊云々の話が戦争の最中だか終わったあとのことだか、もう記憶がたしかでない、というのがやや問題かもしれない。しかし、かの女は戦後十年ちょっとして作家になった司馬から、かれの作品を初めて舞台化した芝居の入場券を贈られ、それを今日まで持っていたのである。いずれにしても、「馬賊になりたい」という夢のような話をしていた二十二歳の純朴な青年が、戦時下に大本営参謀から「ひき殺していけ」という発言を引き出せたかどうか、やはり疑問が残るのである。

わたしがこの大本営参謀の発言にこだわっている理由は、引用のもう一つの傍点部分にある。つまり司馬は、この参謀の「ひき殺していけ」という発言を回想するさい、「これがわたしが思想というもの、狂気というものを尊敬しなくなった原点です」と注釈していたことである。この、

「思想」と「狂気」を併記し、それを尊敬しなくなった、というような表現を、わたしたちはすでに目にしている。そしてそれは、敗戦の直後などではなく、あの三島事件のときだったのである。

改めて、「異常な三島事件に接して」（『毎日新聞』一九七〇年十一月二十六日朝刊）から引用しておかねばならない。

思想というものは、本来、大虚構であることをわれわれは知るべきである。思想は思想自体として存在し、思想自体にして高度の論理的結晶化を遂げるところに思想の栄光があり、現実とはなんのかかわりもなく、現実とかかわりがないというところに繰りかえしていう思想の栄光がある。

ところが、思想は現実と結合すべきだというふしぎな考え方がつねにあり、とくに政治思想においてそれが濃厚であり、たとえば吉田松陰がそれであった。（中略）

虚構を現実化する方法はただひとつしかない。狂気を発することであり、狂気を触媒とする以外にない。要するに大狂気を発して、本来天にあるべきものを現実という大地にたたきつけるばかりか、大地を天に変化させようとする作業をした。当然、この狂気のあげくのはてには死があり……（傍点引用者）

これを短く縮めていえば、――「思想」という虚構を現実化する方法はただ一つ、「狂気」を発することである。その果てに死がある、というのである。

その典型例が吉田松陰であるが、いま三島由紀夫はそのように「狂気」を発して「死」に至った、と司馬遼太郎は説いていた。そう考えると、さきの鶴見との対談のタイトルが「日本人の狂と死」と名づけられていたことは、まことに意味深長といわねばならないだろう。

いや、司馬はその対談の冒頭で、「異常な三島事件に接して」とほぼ同じことをいっていた。論理としては「異常な三島事件に接して」と重複するが、その対談の冒頭部分を引いてみよう。

司馬　狂気ということについて、わたしが理解していることを抽象的に言いますと、まず思想というものは何かと考えたいと思います。思想というのは、本来完璧なかたちでは化学の結晶体をとり出すような作業が必要なものであって、なによりも論理的に完璧なものでなかったらいかんと思うのですよ。（中略）

その思想が政治思想である場合、それを現実化したいという欲求が生まれる。それを地上のものにしたいという本来無理な欲求が出るときに個人の肉体のなかで狂気が生まれるわけです。生まれざるをえない。（傍点引用者）

「思想」と「狂気」との関係をめぐる論旨、いや論旨のみか言葉遣いまで、「異常な三島事件に接して」とほとんど同じである。「日本人の狂と死」の対談のなかには、三島由紀夫のみの字もでてこないが、司馬遼太郎がここで思い浮かべていたのは、ほかでもない、三島由紀夫の衝撃的な死だった。

そう確信して、その「日本人の狂と死」という対談の初出を見て、わたしじしんが驚かざるをえなかった。その対談が掲載されたのは、『朝日ジャーナル』一九七一年一月一日―八日合併号である。発売は、七〇年十二月下旬である。三島由紀夫が自決した一ヵ月後のことだ。

そうだとすれば、この司馬遼太郎と鶴見俊輔の対談がおこなわれたのは、三島事件の直後、一九七〇年十一月二十六日から十二月初旬のころだったろう。三島のみの字も出てこないが、司馬は三島のことに全神経を集中させながら「日本人の狂と死」について語っていたのである。そして、その対談のなかで、司馬は吉田松陰のことを語っていた。翻って、大本営参謀の「ひき殺していけ」という発言を思い出し（作りあげ）、これが「わたしが思想というもの、狂気というものを尊敬しなくなった原点です」と解説したわけだ。

この大本営参謀の発言は、司馬遼太郎が戦後神話として作り出した物語だとすると、それは三島事件の衝撃のなかで作成されたものなのではないか。三島由紀夫はかれじしんの〈美しい天皇〉像に殉ずべく、狂気を発して「天皇陛下万歳！」と叫んで、死んでいった。このとき、司馬遼太郎は戦後的なるものの擁護者たるべく、大本営参謀の「ひき殺していけ」という発言を作り出したのではないか。司馬じしんが戦後神話をつくった、といってもいい。

司馬はさきの大本営参謀の発言を引いたあとで、こんな狂気ともいえる発言が生まれてくる原《げん》由《ゆ》を戦前日本の「集団狂気」と推理し、これと「戦後社会」とを対比している。

……わたしたちは、日本民族は参謀肩章をつっている軍部の人間に占領されていたわけですね。それはやはり思想的な背景が強烈にあるんで、集団狂気のなかからいえば、高崎街道を北上してくる避難民はひき殺していけという結論が出るわけです。ぼくは猛烈に幻滅した。これはマルクス思想に対しても、カトリック思想に対しても、思想の悪魔性という点で同じです。

戦後、アメリカ軍がなるほど占領にやってきたけれども、その占領のほうがやや軟弱なる占領であって、その前の占領のほうがきつかったという感じ。ぼくは復員してふつうの生活に入るんですけれども、戦後社会を見たときに、これが初めて日本人がもった暮らしやすい社会なんじゃないかという感じがしましたですね。（傍点引用者）

つまり司馬は、戦前の日本を「集団狂気」の時代とみなし、いわば「参謀肩章をつっている軍部の人間に占領されていた」と規定する。これに対して、「戦後社会」はたしかにアメリカ軍によって占領されていたが、ずっと「暮らしやすい社会」だった、というのである。戦後的なるものを「守るためなら自分は死んでもいい」、とさえ、その後段でいっているほどだ。

ちなみに、司馬は五・一五事件や二・二六事件も、この「集団狂気」の時代の「狂気」とみなしていた。そのことが、「日本人の狂と死」のなかでは、次のような表現となって語られている。

司馬　ぼくは五・一五や二・二六事件はひじょうにきらいです。あの連中に迷惑をこうむったのは、われわれ庶民……、ゲタ屋のおやじであり、フロ屋のおやじであるわけで、その怨念が猛烈にある。（傍点引用者）

「あの連中」という汚ない呼びかたをしていることからもわかるように、司馬は一貫して、とくに三島事件以後、五・一五事件や二・二六事件に対して批判的だった。二・二六事件の思想的指導者としての北一輝のことや、三島由紀夫のことを扱って一九七〇年に論壇や文壇にデビューしたわたしに対して、洟《はな》も引っ掛けなくて当然だった。

なお、そんなわたしが同時代の文学者たち、中上健次や村上春樹、ひいては大江健三郎なども評論するようになったのは、中上が「おい、松本、北一輝や三島、それに二・二六事件などの歴史ばかりではなく、同時代のおれたちの文学のことも批評してくれ」といったことがきっかけだった。それにわたしは、歴史は科学ではなく物語である、と考えていたので、そこからいずれ歴史小説の司馬遼太郎と交差するのも自然の流れだったのかもしれない。

ついでにいえば、わたしが「歴史という物語」（一九八九年の論文名）を読みとく視座は、「私」が二・二六当時の歴史に立ち合っていればどの位置にいたか、革命思想家の北一輝ではなく、これを鎮圧する昭和天皇でもなく、蹶起した青年将校の立場にいただろう、という想いに発していた。戦争中だったら、戦争指導者の東条英機でなく、特攻を命令する大西瀧治郎でも現地指揮官でもなかった。また、戦争批判をするマルクス主義者でもなく、「私」はついに特攻を志願する側の人間だったろう、と自身のエートス（精神）からそのときの立場を想定するのである。

そうだとしたら、三島由紀夫が『英霊の声』（一九六六年）を発表したとき、わたしがその文学作品の出来如何とはべつに、異常な関心をもってこの作品を読んだことも納得してもらえるだろう。なにしろ、この『英霊の声』の主人公は二・二六事件の青年将校と戦争中の特攻隊員である、ということもできたからである。作品中では、両者は「裏切られた者たちの霊」とよばれていた。

第十章　人間の生き死

「などてすめろぎは人間《ひと》となりたまひし」

『英霊の声』の基本構図は、「裏切られた者たちの霊」が霊媒としての神主の身体に帰神《かむがかり》し、その神主の口を仮りて怨嗟（ルサンチマン）の声をあげる、というものだ。「裏切られた者たち」とは、誰か。小説のなかでは、みずからその正体を明かす。

「われらは三十年前に義軍を起し、叛乱の汚名を蒙つて殺された者である」。また、「われらは戦《いくさ》の敗れんとするときに、神州最後の神風を起さんとして、命を君国に献げたものだ」、と。

つまり、二・二六事件で蹶起し死刑に処された皇道派の青年将校と、大東亜戦争で散華《さんげ》していった特攻隊員とが、その「裏切られた者たち」なのである。

三島はこの小説で、かれらに「などてすめろぎは人間《ひと》となりたまひし」という怨嗟の声をあげさせた。この衝撃的なリフレインが、『英霊の声』の主旋律となっている。なぜか。

三島はここで、天皇が人間であることはいい、しかし「昭和の歴史においてただ二度だけ」すなわち二・二六事件と大東亜戦争の敗れんとするときだけは、天皇は「人間としての義務《つとめ》において」神であるべきだったという。そうでなければ、これら天皇のために「まごころの血を流して」

た」者たちの霊が救われないではないか、と。

だが天皇は、この二度の機会を二度とも逃した。そればかりか、敗戦ののちには、みずから「神格」を否定する、いわゆる「人間宣言」（昭和二十一年一月一日の詔書）を出すに至った。かくして三島は、「などてすめろぎは人間《ひと》となりたまひし」という怨嗟の声を「裏切られた者たち」にあげさせたのである。むろんこの声は、二・二六の青年将校たち（象徴的には磯部浅一）の蹶起を「道義的革命」と捉え、そうして戦争中の特攻隊に志願できなかった精神的弱さを認めた三島由紀夫じしんの声であった。

ちなみに、三島はこのいわゆる「人間宣言」を文字どおり、昭和天皇の「神格」否定の宣言と理解したが、昭和天皇じしんは「あの宣言」の目的は、「神格（否定）」は二の次で、戦後日本を明治天皇の五箇条の「御誓文」によって再建することが第一だった、と解説している。つまり、三島の理解のしかたを一蹴したのである。

ついでながら、三島が戦争中に特攻隊に志願できなかったことをみずからの精神的弱さと捉えるようになったのは、戦後二十数年たって、かれが肉体的にも精神的にも強くなったとおもえるようになった後のことにちがいない。

たとえば、杉山隆男は『「兵士」になれなかった三島由紀夫』（小学館、二〇〇七年刊）というノンフィクション作品のなかで、三島と「個人的な友誼《ゆうぎ》」を深めることになった自衛隊富士学校での三島の世話係、菊地勝夫氏の次のような証言を引き出している。

……あるとき、菊地がたずねもしないのに、戦争の頃の話が問わず語りに語られ、ふっと三島の口から、「私は弱かったんです」という言葉が出てきたのである。

それは、体が弱かった？

「体も精神的にもね、私は弱かったんです、と。とてもああいう真似はできなかった、志願できなかったんです、という話ですね」

はっきり、弱かった、と三島が言ったんですか。

「はっきり言っていましたね、そういう劣等感を持っていた、と」

劣等感、という言葉も使いましたか。

菊地はきっぱりうなずいた。

「使いましたね」

この、「私は弱かったんです」という三島の告白にふれているのは、杉山が取材行で会った「元兵士」のうちでは、菊地勝夫ひとりである。それゆえ、証言としてはやや例外に属するのかもしれない。

しかし、三島の自衛隊への体験入隊が『英霊の声』以後のことであると考えると、かれはボディビルやボクシングで肉体を鍛え剣道で技を磨いているばかりでなく、精神的にも『葉隠』や陽明学を学んで強くなった、と当時考えていたのだろう。それゆえに、かつての自分は「弱かった」、「劣等感」さえいだいていた、と告白できたのだ、と三島の心理をごく素直に肯定できるのである。

大本教・出口王仁三郎の帰神法

ともあれ、三島は「人間」となった天皇に対して、二・二六事件の青年将校と大東亜戦争の特攻隊員に怨嗟（ルサンチマン）の声をあげさせた。かれらは神たるべき天皇に「まごころの血」をささげたのだから、天皇はこれに応えなければならない、というのである。

こういった小説的設定は、死者の霊が神主の身体に帰神《かむがかり》するという帰神法を三島が知ることによって生みだされたものだろう。同じ二・二六事件の皇道派青年将校を素材としながらも、かつての『憂国』（一九六一年）にあっては、裏切られた者たちの霊に怨嗟の声をあげさせるという発想は、作者の脳裏にちらりとでも思い浮かんでいなかったからである。

しかし、三島はこの（鎮魂）帰神法を、いったい何によって知ったのだろう。その答えは、『英霊の声』の末尾に参考文献として、友清歓真述《ともきよよしざね》『霊学筌蹄《せんてい》』があげられていることから、そのなかの帰神法（「幽の帰神の他感法」）を採用していた、と考えてよいだろう。

友清歓真というのは、のちに神道天行居《てんこうきょ》を興す友清九吾のことである。号は天行、磐山などがあり、古神道の霊学者で、その『霊学筌蹄』は大正十年（一九二一）に著わされている。この第五章「帰神法」には、次のように記されている。

帰神《かむがかり》の法は幽斎《ゆうさい》の法といふ。普通の神殿宮社あり、祝詞供饌《のりとぐせん》ありて、神祇《じんぎ》を斎《いつ》き祭る処の顕斎の法に対して、霊を以て霊に対するを幽斎といふので、実は是《こ》れ祭祀の蘊奥《うんおう》であるから、余《よ》ほど敬虔慎重の覚悟で着手しなければならない。（振りガナ、句読点の一部引用者）

こういった『霊学筌蹄』の説明に従って、三島は小説の冒頭で、「帰神の会」に出席した「私」に、帰神法についての説明を次のように語らせている。

帰神の法を、一名又幽斎の法といふのは、ふつうの神殿宮社で、祝詞供饌あつて、神祇をいつきまつる「顕斎の法」に比して、霊を以て霊に対する法であるから、この名があるのである。

これは、『霊学筌蹄』のほぼそのままの引用といっていい。要するに、ふつうわたしたちが神殿や宮社で目にする、宮司の祝詞と供饌といった形式で行なわれる神祇のまつりかたを「顕斎の法」というのに対し、神主が帰神《かむがかり》して霊をまつるのが「幽斎の法」すなわち「帰神の法」だ、というのである。

この引用部分だけでなく、『英霊の声』にのべられている他の部分――幽斎顕斎の法にはそれぞれ自感法や他感法（または神感法）があり、他感法には憑《つ》いた神を審神《さにわ》ける審神者と霊媒としての神主が必要とされる、などの記述――も、ほとんど『霊学筌蹄』に記されているとおりである。とすると、「裏切られた者たちの霊」が霊媒としての神主の身体に帰神《かむがかり》して、その口を仮りて怨嗟の声をあげるという『英霊の声』の基本構図は、三島が『霊学筌蹄』を知ることによって初めて可能になったもの、ということができよう。

ところが、友清歓真は『霊学筌蹄』でその事実を隠しているが、かれがその帰神法を学んだのは、大正十年と昭和十年の二度にわたる不敬事件を国家権力によって作りあげられた、大本教《おおもときょう》の出《で》口《ぐち》王《わ》仁《に》三郎《さぶろう》のもとでだったのである。

たとえば友清は大本教の信者だった大正八年に、『皇道大本の研究』(大日本修斎会刊)を著わしている。そこには、「大本の霊法の土台をなすものは言ふ迄もなく鎮魂帰神の神法である」と書かれているのだ。

ただ、この鎮魂帰神法は出口王仁三郎の独創になるものではない。王仁三郎は、清水の御《み》穂《ほ》神社の宮司・長沢雄楯《かつたて》や諏訪神社の神官・本田親徳《ちかあつ》から、神道霊学、そして審神《さにわ》の学としての鎮魂帰神法を学んでいた。この鎮魂帰神法はもともと白川神道に伝えられ、それを本田親徳が再興したもの、といわれている。

そうだとすれば、出口王仁三郎の鎮魂帰神法は神道に脈々と伝えられたものを、かれが大本の霊法の根本にすえたというだけのことにもおもえる。しかし、わたしが『出口王仁三郎――屹立するカリスマ』(リブロポート、一九八六年刊)で明らかにしたように、そうではない。

神道、とくに長沢雄楯や本田親徳にあっての鎮魂帰神法は、憑いた神を審神《みわ》ける審神《さにわ》の学にすぎなかった。ところが、出口王仁三郎は大本教の開祖である出口なおに憑いた艮《うしとら》(鬼門の東北)の金神《こんじん》を審神《みわ》けるとともに、その帰神法を「裏切られた神」と「大衆」のルサンチマンとを結びつける方法にしたのである。王仁三郎の独創は、「裏切られた神」の代表がスサノオであり、アマテラス（＝伊勢神道）がこれを艮＝東北という鬼門に「押し込め」たことによってこの世に災いがもたらされた、という伊勢神道批判なのである。大本の神（＝艮の金神）は、そういう「裏切られた神」の声を解き放つことによって、そのたたりに悩む近代日本の大衆を救おうとするものであった。

　そうだとすれば、この、「裏切られた神」の声（ルサンチマン）を解き放つために帰神法を用いるという発想は、三島の『英霊の声』の祖型になっている、ということもできる。これによって、出口王仁三郎は「不敬」に問われた（二度とも大赦令で免訴）。そういう大本の帰神法を使うことによって、三島は「裏切られた者たち」に「などてすめろぎは人間《ひと》となりたまひし」という怨嗟の声をあげさせたのだった。

観念に殉ずる死と、自然的な死

　三島由紀夫は大本の信者でも、出口王仁三郎に心惹かれているわけでも、ない。「裏切られた者たちの霊」に声をあげさせる方法として帰神法を利用しただけである。その方法を使って、神たるべき天皇つまり〈美しい天皇〉という自身の観念にもとづいて、現実の「人間」天皇に怨みごとをのべた作品が『英霊の声』なのである。

　この作品は、小説というにはあまりに人間的肉づけが希薄である。その思想的表白、いや「人間」天皇へのルサンチマンだけが目立つ思想作品＝虚構となっている。

そのルサンチマンは、二・二六事件や特攻隊の「まごころの血」を受けとめないことによって、戦後日本を「無機的な、からっぽな、ニュートラルな、中間色の、富裕な、抜目がない、或る経済的大国」にした、その「人間」天皇に対しても、投げつけられている。

「裏切られた者たちの霊」は、怨みごとをこうものべていた。「……大ビルは建てども大義は崩壊し／その窓々は欲求不満の螢光燈に輝き渡り、／朝な朝な昇る日はスモッグに曇り／感情は鈍磨し、鋭角は磨滅し、／烈しきもの、雄々しき魂は地を払ふ。／血潮はことごとく汚れて平和に澱み／ほとばしる清き血潮は涸れ果てぬ。／天翔けるものは翼を折られ／不朽の栄光をば白蟻どもは嘲笑《あざわら》ふ。／かかる日に、／などてすめろぎは人間《ひと》となりたまひし」と。

この「人間」天皇の対極にあるものが、神たるべき天皇、つまり〈美しい天皇〉という観念にほかならない。そして、この〈美しい天皇〉という観念のもとに、三島由紀夫は死んでゆこうとしたのである。そう、わたしはおもうのだ。

三島は、天皇制下で「もう一つの天皇制」つまり大本教による「神の国」を創出しようとした出口王仁三郎にも、その行為によって二つの不敬事件の対象とされた大本教事件にも、ほとんど関心をもっていない。昭和史にあって二・二六事件の裏側にひそむ第二次大本教事件――それは二・二六事件の三ヵ月まえに天皇制国家の権力によって作りあげられた――などは、まったく眼中に入っていないのである。

昭和十年十二月八日、出口王仁三郎は治安維持法違反と不敬罪の容疑によって、山陰の松江の大本島根別院で逮捕された。同じ日、大本教の聖地である丹波の亀岡と綾部は、ダイナマイト数千発で徹底的に破壊された。建物はすべて倒され、家具などとともに焼かれた。その燃えくすぶりは、一ヵ月にわたって煙をあげつづけた、と伝えられる。

その七年後、仮出所した王仁三郎は廃墟、いや焼野ヶ原と化した亀岡の本部跡を見て、語気荒く、次のように語った。

このように日本はなるのや、亀岡は東京で、綾部は伊勢神宮や。

ところで、物語り作家としての司馬遼太郎は、この第二次大本教事件にふれるとき、激烈な思想家に変身する。「街道をゆく」シリーズの「丹波篠山《ささやま》街道」には、司馬が昭和二十四年、京都から南西にある老《おい》ノ坂《さか》をこえて丹波の亀岡に行ったときの記憶が、大本教事件とともに次のように記される。

丹波亀岡（亀山）の城は、その歴史的印象としては闇夜にうちあげられた大輪の花火を見るように華麗ではかない。初代城主が明智光秀《あけちみつひで》であるというだけでなく、光秀が死んでから三百五十余年後に、もう一度むほん人を出しているのである。

丹波の農家のうまれである出口王仁三郎《でぐちわにさぶろう》にひきいられた大本教《おおもと》である。この昭和前期においてもっとも活動的だった新興宗教はこの亀岡の城あとを本部とし、昭和十年に徹底的に弾圧された。

司馬によれば、この大本教への弾圧は「狂信性をおびはじめた」昭和初期の国家および国家神道によって行なわれた。

大本教の弾圧を決意し、実行したのは、当時の検事総長である平沼騏一郎《ひらぬまきいちろう》である。（中略）官吏でありながら同時に右翼団体（国本社）を主宰しているというふざけた人物が、事もあろうに検事総長の座につくという例は、いかに昭和前期が狂っていたとしても異例である。（カッコ内、傍点引用者）

司馬は亀岡城址をたずねて、その大弾圧のあとをみたときの記憶をあらたにしながら、昭和前期は「狂っていた」と記している。そうして、のち（昭和十四年）に首相となった平沼騏一郎に対しては「ふざけた人物」という全否定の批評をするのだ。ひごろの温厚そのものといった印象を一転させるような言葉づかいである。ここには、昭和前期の歴史をあるがままに見て、激烈な思想家に変身した司馬遼太郎がいる。

その司馬が選んだのは、三島のようなみずからの観念に殉ずる死ではなく、自身の内から自然的におとずれる死であった。三島の二歳上であった司馬は、三島が四十五歳で自決した二十六年後、七十二歳で死んだ。死因は、腹部大動脈瘤破裂だった。

あとがき

なぜ、こんな大事なことに気づかなかったのだろう。それも、四十年近くの長いあいだ。

三島由紀夫と司馬遼太郎という二人の文学者は、ともに、一九六〇年代の高度成長期の日本が経済至上主義に走り、ナショナル・アイデンティティ（日本らしさ）を喪失していることに強い危機感をいだいていた。そして、かれら二人は経済至上主義的な経済大国とは別の、〈もう一つの日本〉を提示しようとしていた（その提示する方向は、本書で明らかにしたとおり、まったく逆であったのだが……）。

にもかかわらず、三島の死から数えて四十年近くの長いあいだ、かれら二人と共通する危機感をかかえたうえで、〈三島由紀夫と司馬遼太郎〉という激突の構図を誰も描いてみようとしなかった。それは、この激突の構図が三島の自決した一九七〇年十一月二十五日の一日、せいぜい司馬が「異常な三島事件に接して」を発表した二十六日の朝までをふくめた二日で終わった、とわたし（たち）がおもっていたからなのだろう。そうして、うかうかと四十年が過ぎ去ってしまったのである。

このうかつさは、わたし（たち）が三島由紀夫を、あのような非文学的事件がありながらもなお「純文学」の枠内で捉えようとし、他方、司馬遼太郎の文明批評家的な後半生を認めながらも「大衆文学」あるいは「エンターテイメント」の枠内で捉えようとしつづけてきた固定観念のなせるわざなのかもしれない。そこでは、戦後日本精神史のうえで二人を交叉させるという発想が生まれなかったのである。

わたし自身の問題としていえば、一九七六年に「恋闕者の戦略」という三島論を書き、二〇〇五年に『三島由紀夫の二・二六事件』を書いているように、何度も三島のことを物語ってきた。その一方で、一九七九年に「〈鳥瞰〉という方法」の司馬論を書き、司馬の亡くなったあとの一九九六年には『司馬遼太郎　歴史は文学の華なり、と』を著わしている。にもかかわらず、わたしは二〇〇六年まで、二人を交叉させて考えることを怠ってきたのである。

ところが、二〇〇五年から二〇〇六年にかけて、全六十回にわたってビジュアル版「司馬遼太郎『街道をゆく』」の解説を書いたことによって、わたし自身がはじめて気づいたことがあった。全四十三巻の『街道をゆく』には〈天皇の物語〉がない、と。

これは、司馬が遺した全四十三巻をすべて読んだうえでないと気づかないことだった。そこでわたしは、『街道をゆく』シリーズをすべて読み終え、その全巻解説を書いたあとで、このシリーズに〈天皇の物語〉がないことは何を意味するのかと考え、そのシリーズの第一回が始まったのが三島由紀夫の自決直後である事実に気づいたのである。

その結果、わたしは二〇〇六年十一月六日付の『産経新聞』「正論」に、「三島の自決に司馬が対置したもの」と題して、次のように書いた。

『街道をゆく』の第一巻は「湖西のみち」で、新羅《しらぎ》神社や、安曇《あど》人（海洋民族）や、朽木《くつき》街道の織田信長のことなどが出てくる。しかし、近江《おうみ》大津宮をつくった天智天皇のことがまったく出てこないのである。（中略）

また、京都の「大徳寺散歩・嵯峨散歩」では、その京都をめぐる大きな物語、つまり〈天皇の物語〉や、朝廷と藤原氏、武家と公家、そうして幕末動乱の物語からズラしてゆくのである。「嵯峨散歩」では、古代日本へ渡来してきた秦氏《はたうじ》や、夢窓国師の天龍寺や、豆腐の日本化の物語がメーンになるのだ。（中略）

そうだとすれば、司馬遼太郎がその三島由紀夫の自決と接するように『街道をゆく』シリーズを書きはじめ、そこに〈天皇の物語〉を書かなかった意味を、わたしたちは深く受けとめる必要があるだろう。司馬がそのシリーズで書いた「美しい日本」は、日本文化のモノづくり、たとえば米づくりや砂鉄づくり、そうして飛驒の「匠《たくみ》」などのことであった。

司馬遼太郎は、三島由紀夫の自決の直後から書きはじめた『街道をゆく』シリーズを、みずからの死まで二十五年間にわたって書きつづけた。そして、そこに物語られた「美しい日本」には、〈天皇の物語〉がまったくない。そう気づいて、司馬の代表作である『坂の上の雲』（一九六八―七二年。つまり三島の死をはさんでの五年間だ！）を読み直してみると、日露戦争が「天皇の戦争」ではなく「国民の戦争」として物語られていることに、いまさらのように思い至るのである。

かくしてわたしは、〈三島由紀夫と司馬遼太郎〉という対立構図のなかに、かれら二人の「戦後」が、いや、二つの「日本」が激突するさまを思い描かねばならなかったのである。陽明学一つをとってみても、かれらの評価のしかたは一八〇度異なっていた。

＊　＊

わたしがこの三島と司馬の対立構図に気づいたころ、そのテーマで一冊書いてほしい、と申し出てくれた編集者が何人か、いた。しかし当時わたしは、一方で『海岸線の歴史』（ミシマ社）の書き下ろしをつづけ、他方で『畏るべき昭和天皇』（毎日新聞社）の連載をしていたので、このテーマを展開する余裕が時間的にも精神的にも、なかった。

そんな状況に業を煮やしてだろう、かつてわたしに『泥の文明』（新潮選書）という書き下ろしを敢行させた今泉正俊さんが、『波』での連載を持ちかけてきた。この誘いに、わたしは乗らざるをえなかった。三島由紀夫と司馬遼太郎という対極に位置する二人の精神のうえに、戦後日本の意味を問うてみる。わたしはその誘惑から身を退けることができなかったのである。

二〇一〇年八月二十日　酷暑の夏に

松本健一

『波』の二〇〇八年十月号～二〇一〇年五月号に掲載された「三島由紀夫と司馬遼太郎」に加筆修正しました。

新潮選書

三《み》島《しま》由《ゆ》紀《き》夫《お》と司《し》馬《ば》遼《りょう》太《た》郎《ろう》
「美《うつく》しい日本《にほん》」をめぐる激突《げきとつ》

著　者………………松本健一《まつもとけんいち》

発　行………………2010年10月25日
2　刷………………2010年11月20日

発行者………………佐藤隆信
発行所………………株式会社新潮社
〒162-8711 東京都新宿区矢来町71
電話　編集部 03-3266-5411
　　　読者係 03-3266-5111
http://www.shinchosha.co.jp
印刷所………………二光印刷株式会社
製本所………………株式会社植木製本所

乱丁・落丁本は、ご面倒ですが小社読者係宛お送り下さい。送料小社負担にてお取替えいたします。
価格はカバーに表示してあります。

ISBN978-4-10-603667-5 C0395

泥の文明　松本健一

アジアに根づく稲作文化は「工夫」「一所懸命」「共生」という気質を育てた。「泥の文明」こそが、地球を覆う諸問題を解決する鍵を握る。独創的なアジア論。《新潮選書》

作家と戦争　城山三郎と吉村昭　森史朗

昭和二年生まれの作家は、あの戦争をどう思い、いかに描いたのか。戦記文学の双璧である二人の死生観を、担当編集者の視点に立ちながら明らかにする。《新潮選書》

漱石はどう読まれてきたか　石原千秋

百年で、漱石の「読み方」はこんなに変わった……。同時代から現代まで、漱石文学の「個性的な読み」の醍醐味を大胆に分析するエキサイティングな試み。《新潮選書》

歴史を考えるヒント　網野善彦

「日本」という国名はいつ誰が決めたのか。その意味は？　関東、関西、手形、自然などの言葉を通して、「多様な日本社会」の歴史と文化を平明に語る。《新潮選書》

現代史の中で考える　高坂正堯

天安門事件、ソ連の崩壊と続いた20世紀末の激動に際し、日本のとるべき道を同時進行形で指し示した貴重な記録。「高坂節」に乗せて語る知的興奮の書。《新潮選書》

文明が衰亡するとき　高坂正堯

巨大帝国ローマ、通商国家ヴェネツィア、現代のアメリカ。衰亡の歴史には驚くほどの共通項がある。人類の栄光と挫折に学び明日への展望を説く史的文明論。《新潮選書》